BETTY WULFSON
LEAH

Betty Wulfson

Leah

Roman

Aus dem Niederländischen
von Andrea Marenzeller

Deuticke

Für Uri, meinen König

Inhaltsverzeichnis

Teil I

1.	Der Auftrag	11
2.	Die Reise	23
3.	Zurück?	37
4.	Das Haus	49
5.	Unterwegs	63
6.	Ankunft	73
7.	Die Toten	89
8.	Die Könige	101
9.	Die Übergabe	115
10.	Abschied	129

Teil II

11.	Leah	145
12.	Chawah	155

Teil I

1. Der Auftrag

Leah wachte auf. Sie hatte Geburtstag. Während sie sich anzog, bemerkte sie, dass etwas nicht stimmte. Sie war am falschen Ort. Draußen war Winter, und sie war im Sommer geboren.

Beim Frühstück dachte sie an den Auftrag: Sie hatte sich vorgenommen, an ihrem Geburtstag etwas Außergewöhnliches zu tun. Etwas ganz Anderes, etwas Besonderes. Sie war bisher nicht sehr weit gekommen, sie hatte ihren Freunden bloß gesagt, dass sie nicht ans Feiern denke und dass sie nicht da sein würde. Aber das war nichts Besonderes, auch früher gab es Geburtstage, die sie aus irgendeinem Grund nicht gefeiert hatte. Aus den verschiedenen Plänen, die sie sich ausgedacht hatte, war oft nichts geworden. Nicht nur, weil sie sich nicht so leicht ausführen ließen, vielmehr, weil Leah sich nicht zu bestimmten Handlungen zwingen konnte. Manche Dinge passen zu einem, andere wiederum nicht. Sie hatte sich aber jedes Mal über die Idee gefreut und war mit dieser inneren Freude fröhlich durch den Tag gegangen.

Einen Streich, hatte sie immer wieder überlegt, ich werde an meinem sechzigsten Geburtstag einen Streich spielen. Ich werde einfach etwas Ungehöriges tun, das Kind in mir nach außen kehren. Einmal etwas Ungehöriges tun, wie Chawah dies so selbstverständlich konnte.

Aber Chawah hatte sich den größten Streich nicht nur ausgedacht, sie hatte ihn auch ausgeführt. Sie war gestorben. An einem ganz normalen Tag, an dem Leah keine sichtbaren Zeichen darauf vorbereitet hatten, an einem ganz normalen Tag hatte sie das Telefon abgenommen und vom anderen Ende der Leitung, zehntausend Kilometer von hier entfernt, hatte sie eine Stimme vernommen:

»Hallo Leah?«

»Ja, ja«, hatte sie erwartungsvoll geantwortet.

»Chawah ist gestorben.«

Chawah war ungezogen gewesen, ungezogen wie nur sie sein konnte. Sie war einfach gestorben, ohne Vorbereitung, über ihren Kopf hinweg, allein.

Nun war Leah an ihrem Sechzigsten zum ersten Mal allein. Zum ersten Mal würde ihr niemand zum Geburtstag gratulieren. Sie war nicht mehr »die Ältere«, wie Chawah, die fünf Minuten vor ihr geboren war, sie zu nennen pflegte, und worauf sie, in einer Anspielung auf Chawahs Namen, antwortete:

»Aber du bist Eva, du bist die Erste.« Nun war sie die Ältere und die Erste. Die Einzige.

Die Wut war noch nicht verebbt. Knapp drei Monate nach dieser Nachricht war sie noch immer böse und wütend. Wie hatte Chawah das bloß tun können! Sterben und sie zurücklassen, eine Gehandikapte aus ihr machen, unvollständig, halb leer, halb sie selbst. Wie konnte Chawah das Versprechen brechen? Hatte sie die Vereinbarung vergessen? Damals, im warmen, schützenden Schoß der Mutter, den sie stoßend, ziehend, drückend miteinander teilten, war das Zwillingsdasein begründet und das Versprechen besiegelt, die unvermeidliche zukünftige Einsamkeit gemeinsam zu ertragen.

Leah stand auf und schenkte sich eine zweite Tasse Kaffee ein. Ihre Hände zitterten und die Augen tränten.

»Nimm dich zusammen«, sprach sie zu sich, »hör auf zu jammern. Denk an den Auftrag.« Es gelang ihr jedoch nicht an den Auftrag zu denken, und so beschloss sie einen Spaziergang zu machen, um auf andere Gedanken zu kommen.

Kalt. Es war Winter und sie hatte Geburtstag.

Der Ort stimmt noch immer nicht, dachte sie, wir sind im Sommer geboren. Vorsichtig bewegte sie sich auf dem glatten Gehsteig und genoss das Bild, das sich ihr bot. Schon seit Wochen waren die Kanäle zugefroren, und überall glitten Schlittschuhläufer über das Eis. Die Menschen hielten einen Rhythmus, dem Leah nicht folgen konnte. Sie blieb stehen und beobachtete die Szene.

Von Beginn an, seit dem ersten Mal, als sie mit diesem seltsamen Spektakel konfrontiert worden war, hatte sie es wundervoll, einzigartig, einfach schön gefunden.

Es ist wie ein Mirakel, hatte sie damals gedacht, eine wundersame Weise auf dem Wasser zu gehen. Sie wollte es auch können, hatte sich Schlittschuhe besorgt und war optimistisch aufs Eis gestiegen. Sie hatte sofort gemerkt, dass es nicht so leicht war, dieses kleine Wunder zu vollbringen. Umringt von Kindern, die aus vollem Halse lachten, versuchte sie immer wieder ihr Gleichgewicht zu finden und zu halten, doch immer wieder fiel sie hin und stand auf, fiel sie hin und stand auf. Dass die Kinder sie auslachten, machte ihr nichts, sie wusste, es war eine natürliche Reaktion auf etwas, was Kinder nicht erwarteten: Eine Erwachsene, die nicht konnte, was sie schon konnten.

»Lacht ruhig, lacht ruhig«, hatte sie ihnen zugerufen, »vielleicht könnt ihr mir aber auch helfen?« Alles bewegte sich, kleine Hände griffen eifrig nach Leahs Gliedmaßen und zeigten ihr, wie sie diese bewegen musste, kleine

Münder ermunterten sie weiter zu machen, magere Beine manövrierten geschickt die Schlittschuhe. Trotz all ihrer Bemühungen hatte Leah das Eislaufen nie gelernt.

Ist das ein genetisches Erbe?, hatte sie sich damals gefragt. Ist dieses Nichteislaufenkönnen ein Erbe aus einer lang zurückliegenden Vergangenheit, als meine Vorfahren auf dem Trockenen gingen und »die Wasser zu ihrer Rechten und zu ihrer Linken eine Mauer bildeten«? Für Leah stand fest, der Allmächtige hatte für diese Entscheidung seine Gründe gehabt. Welche wusste sie nicht, doch war es eine Tatsache, dass Er nicht beschlossen hatte, den Ozean in Eis zu verwandeln, damit das Volk, das eigentlich noch kein Volk war, wie eine Horde Marathonläufer das Meer mit Schlittschuhen überqueren konnte.

Man muss sich das mal vorstellen, und Leah hatte gelacht, eine Art Elfstedentocht!* Mit Moses als Sieger und Josua als gutem Zweiten! Die Elfstedentocht hatte Er doch den Holländern zugedacht, und darum musste das Volk Israel auf dem Trockenen gehen. Von ihrer Erklärung überzeugt, hatte Leah sich mit dem Schicksal abgefunden. Kein Eislaufen also.

Natürlich war ihr klar, dass man ihre Art zu argumentieren ablehnen konnte. Sie war wohl kritisch und wusste, dass man einwenden konnte:

»Aber Leah, es gibt genug Eis laufende Juden.«

»Das stimmt«, hätte sie darauf geantwortet und den Sprecher ohne weitere Erklärung verdutzt stehen gelassen. Bestimmte Dinge erzählte Leah nicht. Bestimmte Gedanken behielt sie für sich, Gedanken, die nach ihrer Auffassung nicht für jedermann bestimmt waren. Sie

* Elfstedentocht: etwa 230 km langer Eisschnelllauf durch elf friesische Städte, der in Leeuwarden beginnt und dort am selben Tag endet.

selbst wusste es natürlich. Dass es genügende Juden gab, die Eis laufen konnten, änderte nichts an ihrer Überzeugung. Leah besaß ihre eigene Theorie für das Jüdischsein, das jüdische Schicksal und dergleichen. Nicht alles, was jüdisch war, war auf die gleiche Weise jüdisch, es gab Unterschiede in dem, was sie die »Manifestationen des Jüdischseins« nannte. Es war ziemlich kompliziert, vorläufig wusste sie noch nicht genau, wie es sich mit allem verhielt, sie arbeitete noch daran. Auch war ihr die Rolle, die sie darin spielte noch nicht ganz klar, doch schon kleine Erkenntnisse helfen einem weiter. Auch der Vorfall mit dem Eislaufen.

In Gedanken versunken war sie bei der Fußgängerzone angelangt.

»Wohin möchten Sie denn?«, fragte ein sorgfältig geschminktes junges Gesicht.

»Zum Friedhof.«

»Oh«, sagte das Gesicht.

»Falsche Antwort«, murmelte Leah.

Das Mädchen blickte verloren umher, als ob sie Hilfe suchte, doch alle anderen Mitarbeiter waren mit anderen Kunden beschäftigt.

»Einen Flug nach Buenos Aires, bitte«, Leah war entschlossen.

»Wann soll die Reise losgehen?«, fragte das Mädchen routiniert.

»Sobald wie möglich. Wenn es geht, dann in den nächsten paar Tagen.«

»Für wie lange?«

»Das weiß ich nicht, ist denn das wichtig?«

»Nicht bis zu drei Monaten, aber wenn Sie länger bleiben möchten, wird es teurer.« Das Mädchen blickte Leah ausdruckslos an.

»Es wird sicher nicht länger als drei Monate.«

Schnelle Finger glitten über die Tastatur. Aus Höflichkeit hatte das Mädchen den Bildschirm so gedreht, dass Leah alle ihre Eingaben mitverfolgen konnte.

»Wenn es geht, hätte ich gerne einen Anschluss an einen Inlandflug«, sagte Leah. »Von Buenos Aires nach Santa Fé.«

»Am selben Tag?«

»Wenn es möglich ist, ja.«

Sie hatte es geschafft. Seltsam, dass sie nicht früher daran gedacht hatte. Einen besseren Auftrag hätte sie sich kaum ausdenken können, und gerade diesen Auftrag hatte sie eigentlich nicht »wirklich« ausgedacht. Das Handeln war ihrem Denken vorausgegangen. Spontan und instinktiv war sie den Werbeschildern gefolgt, die in grellen Buchstaben Sonnenstrände und verschneite Bergspitzen anpriesen, und schließlich im Reisebüro gelandet.

»Ich habe für übermorgen einen Flug mit Iberia«, sagte das Mädchen, den Blick auf den Bildschirm gerichtet.

»Übrigens, wie viele Personen?«

»Eine.«

»Wenn es Ihnen übermorgen passt, werde ich nachsehen, ob es noch einen Platz gibt.« Leah nickte und folgte den Zeichen, die mit erstaunlicher Geschwindigkeit auf dem Schirm erschienen und verschwanden. *Virilios Geschwindigkeit.*

»Im Flieger der Iberia gibt es noch Platz. Er fliegt von Madrid ab, mit Anschluss von Amsterdam. Sie fliegen übermorgen, am neunzehnten Februar, um siebzehn Uhr dreißig von Schiphol mit KLM, Ankunft in Madrid um zwanzig Uhr, um dreiundzwanzig Uhr nehmen Sie den Flug von Iberia, die Maschine landet in Ezeiza am zwanzigsten um sechs Uhr dreißig Ortszeit.«

»Und der Anschluss nach Santa Fé?«, fragte Leah ungeduldig.

»Den suche ich sofort, zuerst brauche ich ein Datum, um den Rückflug buchen zu können.«

»Ist das nötig? Wie kann ich festsetzen, was ich noch gar nicht beschlossen habe? Wie kann ich das, was noch nicht passiert ist, die Zukunft, festlegen? Begreifen Sie das?« Das Mädchen begriff es nicht, nein, eigentlich begriff sie es schon: Da saß eine Ausländerin vor ihr, die die Sprache nicht beherrschte. Leah sah, dass das Mädchen dies dachte und wollte verhindern, dass eintrat, wovon sie wusste, dass es eintreten würde: Das Mädchen würde ihr in vereinfachten Worten, wie man sie gegenüber Ausländern verwendet, erklären, was sie bereits früher gesagt hatte. Kommunikation, einander begreifen, funktioniert nicht automatisch, indem man die gleichen Klänge verwendet, konstatierte Leah im Stillen. Aus dem Kontext gewinnen die Zeichen ihre Bedeutung, der Kontext schafft die Voraussetzung für Kommunikation. Hat nicht das Wort Schnee bei den Eskimos, im Gegensatz zu unserer Sprache, eine vielfältigere Bedeutung? Nicht umsonst haben sie so viele Worte, die auf Schnee verweisen und auch …

»Wie ich Ihnen schon gesagt habe …«

»Schon gut«, schnitt Leah ihr das Wort ab und fügte hinzu, »rechnen Sie einen Monat oder so.« Sie war verstimmt, es ärgerte sie, wenn jemand sie beim Nachdenken störte. Durch die Unterbrechung musste sie nun ihre Gedanken irgendwo latent halten, um sie später fortzuspinnen. Zugleich begriff sie, dass das Mädchen nicht wissen konnte, dass sie anderswo weilte. Das Mädchen war an ihrem Arbeitsplatz und tat, was ihre Pflicht war. Kein Grund also, sie unhöflich zu behandeln. Leah lächelte dem Mädchen zu. Das Mädchen reagierte nicht darauf, sagte aber freundlich:

»Ich habe hier einen Rückflug für Samstag, den zweiundzwanzigsten März, dann sind Sie Sonntag, den dreiundzwanzigsten, in Holland. Ich möchte Sie darauf hinweisen, dass wir den Retourflug zwar fixieren müssen, dass Sie das Datum aber später noch ändern können.«

»Später, wann?«

»In Argentinien können Sie nötigenfalls ein anderes Datum bestimmen, doch sind damit Kosten verbunden. Mal schauen … Iberia verrechnet hundert Dollar dafür.« Das sieht schon anders aus, dachte Leah, so wird die Zukunft doch nicht unwiderruflich festgelegt.

»Was mich betrifft, können Sie die Flüge buchen, und vergessen Sie bitte nicht den Anschluss nach Santa Fé.«

»Den habe ich nicht vergessen. Es gibt zwei Möglichkeiten. Der erste Flug geht um sieben Uhr morgens. Das schaffen Sie nicht, da die Inlandflüge nicht über Ezeiza, sondern einen anderen Flughafen gehen. Der zweite ist erst viel später, um sechzehn Uhr, dann kommen Sie um achtzehn Uhr in Santa Fé an.« Leah nickte zustimmend und verließ, nachdem sie alle Daten notiert und bezahlt hatte, das Reisebüro mit der Reise in der Hand.

Sie bewegte sich vorsichtig auf dem glatten Gehsteig, doch hatte sie keine Augen mehr für das, was sich hier draußen abspielte. Sie dachte an die Vorbereitungen, die sie treffen musste. Mit hastigen Schritten betrat sie das Haus und ging, als sie merkte, dass der Lift nicht bereitstand, zu Fuß die Treppe hinauf in den ersten Stock, wo ihre Wohnung lag. Der Anrufbeantworter zeigte sechs Anrufe an. Sie drückte die Taste und zog, während sie die Nachrichten abhörte, die Jacke aus und hängte sie an den Kleiderständer. Die blaue Jacke neben die rote. Ordnung muss sein. Man hatte ihren Geburtstag nicht vergessen. Nacheinander kamen die Grußbotschaften und die Bitten, sie möge bald von sich hören lassen. Sie lauschte einigermaßen gleichgültig, bis sie die sechste Nachricht vernahm.

»Hallo Ma, schade, dass du nicht zu Hause bist. Ich versuche es später noch einmal. Bei mir ist alles okay. Und herzliche Glückwünsche.« Sie drückte die Stopp-Taste. Schade, dachte sie, aber er wird später noch einmal anrufen und dann werde ich es ihm erzählen.

Leah ging in das von ihr so genannte »Denkzimmer«. Ein Raum von drei Meter zwanzig mal drei Meter zwanzig, in dem alles symmetrisch war. Die Türe befand sich in der Mitte der Wand und war genau achtzig Zentimeter breit, sodass an beiden Seiten ein Meter zwanzig übrig blieb. Gegenüber der Türe stand der Schreibtisch mit einer Länge von zwei Meter vierzig, sodass von der Platte bis zu den Seitenwänden ein Abstand von vierzig Zentimeter – die Hälfte von achtzig – übrig blieb. Der Schreibtisch stand an der Fensterwand, die von einer Brustwehr von achtzig Zentimeter bis zum Plafond aus Glas bestand und auf den Singel ging.

»Mein Fenster zur Welt«, hatte Leah festgestellt, als sie das Appartement gekauft hatte und es total umbauen ließ. An den beiden Seitenwänden waren die Bücherregale angebracht. Die Regale begannen achtzig Zentimeter von der Frontwand und endeten, nachdem sie einen Bogen gemacht hatten, bei der Türe. In den beiden Paneelen zwischen den Regalen und der Frontwand hatte sie zwei Bilder aufgehängt. Bei der vertikalen Einteilung der Regale hatte sie sich an das »funktionelle Kriterium« gehalten. Sie hatte alle Bücher nach ihrer Höhe überprüft und war zum Schluss gekommen, dass dreißig Zentimeter der richtige Abstand sei. Für die größeren Bände hatte sie ein Brett von achtunddreißig Zentimeter Höhe anbringen lassen. Die Bücher waren alphabetisch nach Themen geordnet und in der Folge, wiederum alphabetisch, nach Autoren. Der Merbauboden war im Fischgrätenmuster verlegt.

Leah setzte sich an den Schreibtisch und stellte eine Liste von all den Dingen zusammen, an die sie denken musste. Zum Glück wurden alle Fixkosten automatisch vom Konto abgebucht, die Zeitung musste sie freilich rechtzeitig stornieren. In ihrem Kalender waren zwei Termine eingetragen, Zahnarzt und Kosmetikerin. Das konnte sie telefonisch erledigen. Dann suchte sie die Bücher, die sie aus der Bibliothek geliehen hatte und stellte sie auf den Schreibtisch, um sie am Abend oder am nächsten Tag zurückzubringen. Danach beschloss sie, ihre Freundinnen nicht telefonisch, sondern schriftlich über ihre Abwesenheit zu informieren. Weniger aus Zeitersparnis, es war vielmehr eine Vorsichtsmaßnahme, um unerwünschten Fragen auszuweichen. Das Telefon läutete, zunächst wollte sie den Anrufbeantworter reagieren lassen, dann dachte sie an Shaul und nahm den Hörer ab.

»Hallo, hier Leah.«

»Hallo, Ma, herzlichen Glückwunsch!«

»Hallo, Liebling, vielen Dank, wie geht es dir?«

»Alles in Ordnung, und bei dir?«

»Gut, auch hier ist alles in Ordnung, von wo rufst du an?«

»Aus Montreal.«

»Montreal?«

»Ja, Montreal, in Kanada, weißt du das noch?«

»Natürlich weiß ich, dass Montreal in Kanada liegt, aber was machst du verflixt nochmal in Montreal? Ich dachte, dass du in New York …«

»Bin ich auch. Das heißt, ich bin für eine Woche mit Freunden nach Montreal gefahren, eigentlich bin ich in New York, wie du weißt. Aber sag mal, hast du noch etwas Schönes vor für heute?«

»Shaul, ich fahre weg.«

»Weg?«

»Ja, ich habe heute eine Reise gebucht und breche übermorgen auf. Ich fahre nach Argentinien …«

»Endlich zurück!«, rief Shaul mit fröhlicher Stimme und Leah erschrak.

»Ma, bist du noch da?«

»Ich bin noch da. Hör zu, hast du die Telefonnummer von David? Du kannst mich immer über David erreichen.«

»Ja, die habe ich. All right, to Argentina, that's the spirit! Sobald ich in New York bin, werde ich anrufen.«

»Gut, und pass auf dich auf. Auf Wiedersehen, Liebling, bis bald.«

»Tschüss Ma und gute Reise.«

Leah legte den Hörer auf und schaute verdutzt vor sich hin. Was hatte Shaul gesagt? »Endlich zurück.« War das so? War der Auftrag auf eine Heimkehr hinausgelaufen? Und wenn es so war, wohin? Nach Ur …, nach Ithaka? Wenn es das erste war, sollte die Heimkehr eigentlich den Beginn bedeuten. Ur verweist auf Abraham, der dem Ruf, der Stimme folgt und seine Heimat für immer verlässt. War es aber Ithaka, dann sollte die Heimkehr eigentlich das Ende bedeuten. Wie Odysseus, der alle Entbehrungen durchsteht, um nach Hause zurückzukehren. Oder vielleicht sind beide Beginn und Ende. Freilich sind Abraham und Odysseus nicht einander entgegengesetzte Figuren, sondern Parallelen. Und Parallelen können einander begegnen. Parallele horizontale Linien besitzen einen Fluchtpunkt am Horizont, so lautet das Gesetz der Perspektive. Dort also, am Horizont, der nicht bloß unser Gesichtsfeld begrenzt, sondern die Formen bestimmt, in denen sich uns die Wirklichkeit anbietet, treffen die Parallelen zusammen. Leah schaute durch die doppelt verglasten Fenster, den Horizont suchend, der sich, wie man weiß, immer in Augenhöhe befindet. Doch der Horizont war durch Bäume und Häuser ausradiert, kein Abraham oder

Odysseus zu sehen. Vier Meter unterhalb lag der Singel. Der Verkehr war deutlich lebhafter geworden. Die Schule war zu Ende und überall, auf dem Eis und auf dem Ufer, war Bewegung. Sie konnte nichts hören, bloß sehen, doch an den Bewegungen erkannte sie, dass gesprochen, geschrien und geschimpft wurde. Sie versuchte aus dem Wirrwarr von Farben und Bewegungen Klänge zuzuordnen, wer was zu wem auf welche Weise sagte.

Unsinn, es stimmt nicht, dachte sie und musste an das Gedicht von Amichai denken:

Gottes Hand ist in der Welt
Wie die Hand meiner Mutter in den Eingeweiden
Des geschlachteten Hahns am Freitagabend
Was sieht Gott durch das Fenster
Während er seine Hände in der Welt hat?
Was sieht meine Mutter?

»Was sehe ich?«, fügte Leah hinzu und wandte sich wieder dem Kartenschreiben zu.

2. Die Reise

Wann beginnt eine Reise? Beginnt eine Reise mit ihrer Planung oder beginnt sie, nachdem man das Ziel gewählt hat? Vielleicht mit den Vorbereitungen, oder doch mit dem Zuwerfen der Wohnungstüre, den Koffer in der Hand, nachdem man alles eingepackt hat? Beginnt eine Reise vielleicht mit dem Abschiednehmen? Dann wären wir immer auf Reisen.

Leah stand in der Küche, bereitete das Abendessen und blickte fortwährend auf die Uhr der Mikrowelle. Sie berechnete den Zeitunterschied. In Argentinien war es sechs Stunden früher, David hielt nun seine Siesta. Alles verläuft nach einem Schema. Morgen würde sie die Koffer packen, die sommerliche Hitze, die sie erwartete, sparte ihr Platz und Gewicht. Sie würde die Nachbarin bitten, sich um Post und Pflanzen zu kümmern.

Im Wohnzimmer, das durch eine Öffnung von einem Meter sechzig mit der Küche verbunden war, setzte sich Leah an den Tisch, aß ihr Abendessen und sah sich die Nachrichten an. Mal sehen, was in der Welt passiert. Die Belgier schlugen sich noch immer mit der Dutroux-Affäre herum, und spanische Fernfahrer blockierten die europäischen Straßen, holländische Bauern schlachteten BSE-verseuchte Rinder und die niederländische Justiz beschäftigte sich mit zwei Haager Krankenpflegern, die reiche alte Damen von ihrem irdischen Dasein »erlöst«

hatten. Gewöhnlich gab Leah zu jedem Thema ihren Kommentar – zum Fernsehapparat gewandt, tat sie dem Schirm ihre Meinung kund. Immer gab es entscheidende Fragen, die nicht gestellt wurden oder es wurden Antworten gegeben, die nichts mit den gestellten Fragen zu tun hatten. Immer gab es Experten mit hochtrabenden Urteilen, die meistens nichts Neues hinzufügten. Es gab auch gute Reportagen, auf die Leah enthusiastisch reagierte:

»Schau, es geht auch so!« Normalerweise beteiligte sie sich am »interaktiven Zuschauen«, aber heute war kein normaler Tag. So hörte Leah zu ohne wirklich zuzuhören und schaute hin ohne tatsächlich etwas wahrzunehmen. Nach dem Wetterbericht nahm sie den Hörer ab und wählte die zwölf Ziffern.

»Hallo, hier David.«

»Hallo, David, hier Leah.«

»Leah!« Es krächzte furchtbar in der Leitung, und zudem vernahm sie ihr eigenes Echo.

»Hallo, hallo, David hörst du mich?« ... du mich, du mich ... plärrte das Echo.

»Ja, ja.«

»Hast du Bleistift und Papier bei der Hand?« Hand? Hand ...

»Ja?«

»Ich fliege übermorgen und komme am Zwanzigsten um sechs Uhr abends in Santa Fé mit Aerolineas an.« ... mit Aerolineas an ... hörte sie noch einmal.

»Ich werde auf dem Flughafen sein, ist etwas passiert?«

»Nein, nein, alles in Ordnung, mach dir keine Sorgen. Bis zum Zwanzigsten also.« Sie wollte den Hörer auflegen. Bei einer so schlechten Verbindung konnte man sich nicht unterhalten, aber sie hörte Davids Stimme:

»Leah? Leah?«

»Ich bin noch da.« ... da ...

»Herzlichen Glückwunsch, Leah.«

»Danke, David, danke.« Sie legte sanft den Hörer auf.

David hielt den Hörer in der Hand und betrachtete ihn, als sähe er ihn zum ersten Mal in seinem Leben. Das Zimmer war in Dämmerlicht gehüllt, die Vorhänge waren zugezogen, um die Hitze draußen zu halten. Noch nass von der Dusche kam Rachel, seine Frau, herein.

»Schlechte Nachrichten aus dem Krankenhaus?«, fragte sie routinemäßig. David schüttelte den Kopf.

»Was dann? Du siehst aus, als hättest du ein Gespenst gesehen.«

David nickte schweigend.

»David, was ist los?«

»Leah kommt.«

»Leah?«

»Ja, Leah, die Schwester meiner Mutter.« David setzte sich in einen Fauteuil, Rachel nahm gegenüber Platz.

»David, hat sie deinen Brief bekommen?«

»Nein.«

»Warum kommt sie dann?«

»Ich weiß es nicht, sie hat nichts gesagt, sie hat bloß gesagt, dass sie kommt. Die Verbindung war übrigens katastrophal.«

»Wenn sie nichts gesagt hat, wie weißt du dann, dass sie deinen Brief nicht ...«

»Weil ich ihn nicht abgeschickt habe. Sag nichts, ich weiß es, ich habe den Brief zwar begonnen, er ist jetzt nicht mehr nötig.«

»Hast du es ihr erzählt?«

»Rachel, bitte, natürlich habe ich nichts erzählt. Nicht am Telefon.«

Rachel stand auf und ging in die Küche, um Wasser für den Mate aufzustellen. Sie war verärgert. Seit Chawahs

Tod wurde sie jeden Tag mit Davids Bequemlichkeit konfrontiert. Solange Chawah lebte, hatte diese alles für David geregelt und auf Rachels Bemerkung: »David, du kannst doch nicht alles deiner Mutter überlassen. Kannst du deine Sachen nicht selbst in die Hand nehmen?«, hatte er geantwortet: »Lass mal, es ist gut für sie, die Mutter findet es prima und fühlt sich unabkömmlich.« Unsinn. In Wahrheit zählte für David nur eines: seine Arbeit. Das Krankenhaus, die Patienten, die Praxis, das war Davids Wirklichkeit, der Rest war eine Reihe von lästigen, aber notwendigen Dingen, die man delegieren musste. Klappte das nicht, dann wurde endlos verschoben und versprochen, es gab Streit und Verdruss, immer dasselbe.

Stille. David war fertig, bereit zum Aufbruch. Mit den Augen folgte er Rachels Händen, die die vertrauten Rituale verrichteten. Den Mate in der linken Hand schöpfte sie erst ein wenig Yerba, dann ein Löffelchen Zucker und zum Schluss goss sie einen Strahl warmes Wasser aus der Thermoskanne. Dann war der Mate fertig und man konnte an der Bombilla saugen.

»Hör«, David sprach leise, »ich weiß auch nicht, was sie hierher treibt. Tatsache ist, sie kommt in drei Tagen. Eigentlich trifft sich das gut, dann können wir alles direkt erledigen und sie kann auch ihren Teil dazu beitragen. Ich werde heute Abend Ramona anrufen und sie bitten das Haus zu lüften und aufzuräumen.«

»Wieso? Glaubst du, dass sie ins Dorf will?«

»Vermutlich schon. Was denn sonst? Was wird sie sonst tun wollen, nach so vielen Jahren? Ich habe eben nachgerechnet: Seit ihrem Weggehen ist sie noch nie zurückgekehrt und das war vor vierzig Jahren. Ja, sie will sicher ins Dorf und natürlich auf den Friedhof.« Als Rachel das Wort Friedhof hörte, kam es ihr in den Sinn, was für ein Tag heute war.

»Oh, David, heute hat deine Mutter Geburtstag. Sorry, ich habe es ganz vergessen.«

»Das macht nichts.« David stand auf, gab ihr einen Kuss und verließ die Wohnung. Rachel blieb zurück und fühlte sich schuldig.

Shit. Jetzt fühle ich mich schuldig und bin auf mich böse statt auf David, dachte sie. Nicht klein beigeben, sonst muss ich alles alleine regeln und aus der schönen Aufgabenverteilung wird nichts. Und Leah, was ist das für eine Person und was wird sie hier tun? Eine zweite Chawah? Krieg ich eine zweite Schwiegermutter? Was hatte David gesagt? »Eigentlich trifft es sich gut.« Hatte er die Absicht, Leah in alles einzubeziehen, damit er selbst nichts zu tun brauchte? Sich von ihr abhängig machen, wie er es bei Chawah getan hatte? »Lass dich nicht verrückt machen«, sagte Rachel zu sich, »in ein paar Monaten sind wir von hier weg.«

Leah fuhr aus dem Schlaf hoch. Draußen war es dunkel. Sie hatte wieder den gleichen Traum gehabt und wie immer war sie in Panik aufgewacht. Sie wusste nicht genau, wann die Träume begonnen hatten, wohl dass es vor einigen Jahren war und es eine Zeit gedauert hatte, bis sie begriff, dass die Träume immer wiederkehrten. Eigentlich waren es nicht die gleichen Träume, die Form war jedes Mal anders, das Thema immer das gleiche. Es lief darauf hinaus, dass sie irgendwohin musste und ihr Ziel nicht erreichte, dann wurde sie von einer unbeschreiblichen Angst befallen und wachte in Panik auf. Der Traum mündete immer in einen Alptraum. In dieser Nacht hatte sie geträumt, dass sie unterwegs nach Belgien war. Es stürmte und regnete, die Straßen waren verlassen und sie verirrte sich. Wütend schaute sie auf die Karte, die sie am Steuer festhielt, doch sie konnte den Ort nicht finden. Schließlich fuhr sie in ein Dorf und lief über einen Platz zu einem beleuchteten Laden. Es war ein vollgestopftes Lebensmittel- und Drogeriegeschäft. Der Mann war freundlich, er bestätigte, was Leah vermutete: Der Ort, den sie suchte, befand sich ganz in der Nähe, leider konnte er nicht erklären, wie man dorthin kam. Leah stieg also wieder ins Auto, fuhr im Dunkeln durch Regen und Wind, ihr war klar, dass sie nicht rechtzeitig ankommen würde. Schweißgebadet vor Angst und Panik wachte sie auf.

Leah stand auf, bereitete sich in der Küche ein Glas warme Milch und ging in ihr »Denkzimmer«. Das Glas reflektierte eine kleine, in einen Morgenrock gehüllte Gestalt, die mit einer wilden Frisur bekrönt war. Sie setzte sich an den Schreibtisch, machte die Stehlampe an und suchte ihr Heft. Sie hatte zwei Sorten von Heften, solche mit blauem und solche mit rotem Einband. Die roten waren für ihre Träume, die blauen für ihre Überlegungen. Die Hefte waren quadratisch, zwanzig mal zwanzig Zentimeter, und liniert. Lange Zeit hatte sie das richtige Format gesucht und als sie es endlich gefunden hatte, hatte sie den ganzen Posten aufgekauft, zum Erstaunen der Verkäuferin, die dachte, dass Leah Lehrerin sei und die Hefte für ihre Schüler bestimmt wären. Sie schrieb darin mit Füllfeder und schwarzer Tinte.

Einen Blick fürs Detail, man muss einen Blick fürs Detail haben. Hatte man den nicht, was blieb dann übrig? Das Ganze? Nein, das Ganze war unergründlich, unvorhersehbar und konnte keinen Anhaltspunkt bieten. Das Detail dagegen war die Einzahl, übersichtlich, bestimmt, das Einzelne. *Aber*, hatte Leah in eines der blauen Hefte notiert, *kann man das Einzelwesensein anstreben, wenn man das Sein eines eineiigen Zwillings ist?*

Leah öffnete das rote Heft und begann den Traum niederzuschreiben. Zuerst das Datum: *die Nacht vom sieb-*

zehnten auf den achtzehnten Februar neunzehnhundertsiebenundneunzig, danach den Traum. Bedächtig versuchte sie alles wiederzugeben und gleichzeitig fügte sie Randbemerkungen hinzu. Neben das Wort *Belgien* notierte sie in Anführungszeichen: *War es ein Ort in Belgien, weil ich im Journal über dieses Land gehört habe oder hat es mit der Tatsache zu tun, dass es ein nahes Land, ein naher Ort ist und mein Ziel sehr nahe liegt?* Und dann war die Angst. Die Angst, die sie nicht zuordnen konnte. Sie war so schrecklich, so heftig, so unermesslich, dass sie keinen Rat mehr wusste. Woher kommt diese Angst? Was für eine Angst ist das?, fragte sich Leah.

Sie blätterte zurück, einst hatte sie über die Angst geschrieben. Unter ihrem letzten Traum über die Angst stand: *zu Angst: nachschlagen bei Überlegung Nr. siebenundsechzig.* Sie nahm die blauen Hefte. Darin waren ihre Gedanken, Erinnerungen und Begegnungen gesammelt.

Eine Begegnung – Angst. Auf Lias Fest bin ich zwischen Häppchen und Getränken mit einem Unbekannten ins Gespräch gekommen. Die fröhliche Atmosphäre beeinflusste meine Stimmung und so kam es, dass ich Leo, so hieß er, von der Angst in meinen Träumen erzählte. Mir fiel auf, dass er mir ungewöhnlich interessiert zuhörte und alles über die Angst wissen wollte.

»Weißt du«, sagte er, »deine Angst klingt sehr heideggerisch.«

»Was bedeutet das?«, fragte ich.

»Nun, Heidegger hatte eine besondere Erklärung für Angst. Die Angst gehört zur Seinsweise des Menschen. Eigentlich müsste ich statt Mensch Dasein sagen. Heidegger spricht vom Dasein, vom Sein, das ist, wir lassen es aber bei Mensch. Die Angst ist eine der Grundstrukturen der menschlichen Existenz, es ist die existenzielle Grundstimmung. In der Angst erfährt der Mensch, dass er keinen Halt hat, alles fällt, die Welt besitzt dann den Charakter vollständiger Sinnlosigkeit. Bei Heidegger geht es um die Angst, die etwas anderes ist als die Furcht. Furcht bezieht sich auf einen bestimmten

Gegenstand, auf etwas Bestimmtes. Ich fürchte mich beispielsweise vor jemandem, der mich bedroht, oder vor einer bestimmten Situation, die für mich bedrohend ist. In jedem Fall ist der Gegenstand der Furcht erkennbar, und wenn er ausbleibt, ist die Furcht vorbei. Anders sieht es mit der Angst aus. In der Grundstimmung der Angst herrscht nur ein Ding, die Angst. Sie bedrückt und bedrängt, weil der Mensch sein reines Dasein erfährt, besser gesagt, der Mensch erfährt, dass er ist und sein muss. Die Angst enthüllt, dass der Mensch auf sich zurückgeworfen ist, das reine Welt-Sein enthüllt sich in der Angst.«

»Absolute Einsamkeit also«, bemerkte ich.

»Irgendwie schon. Es geht darum, dass in der Angst, die uns überfällt, die Vereinzelung in ihrer eigentlichen Form zum Vorschein kommt. In der Vereinzelung meldet sich die Möglichkeit zum Sein an. Die Angst ist eine Erfahrung der Vereinzelung«, führte Leo weiter aus.

»Und dann?«

»Erst wenn der Mensch sich durch die Angst, eigentlich in der Grundstimmung der Angst, von der Welt losgelöst hat und in die totale Vereinzelung zurückgefallen ist, dann erst kann er für den anderen da sein. Bei Heidegger geht es aber nicht so sehr um den anderen …«

»Worum geht es denn?«

»Um den Augenblick, die Entschlossenheit. Die Angst ist eigentlich eine Art ›Instrument‹. Über oder durch die Angst, stärker noch, in der Angst, erfährt der Mensch seine Endlichkeit. Er erfährt sein ›Sein zum Tod‹, er erfährt die Möglichkeit seines eigenen Todes. In diesem Moment erfährt er, dass er ›sein muss‹, dass er die Möglichkeit ist, er selbst zu sein, und beschließt zu sein. Und das alles geschieht gleichzeitig. Angst, Tod, Vereinzelung, Augenblick, Entschlossenheit.«

Leah hatte Nummer siebenundsechzig zu Ende gelesen und blickte aus dem Fenster. Draußen erwachte die Welt. Gab es einen Zusammenhang? Waren die Träume so etwas wie ein Ruf, eine Stimme? Wie musste sie das deuten? Angst hatte etwas mit der Entscheidung zu tun. War die Tatsache, dass sie in ihren Träumen ihr Ziel nicht erreichte, ein Zeichen, dass sie sich nicht traute eine Entscheidung zu treffen? Gleichzeitig hatte die Entscheidung mit der Vereinzelung und dem Tod zu tun. Hatte dies etwas mit Chawah zu tun? Dass Chawahs Tod sie mit ihrem eigenen Tod konfrontierte oder dass sie Chawahs Tod als ihren eigenen erfuhr? War es vielleicht so, dass Chawahs Tod sie zu der Entscheidung zwang, ein Einzelwesen zu werden und war die Reise eine Art Manifestation des Augenblicks, der Entscheidung? *Ich hoffe, dass die Reise eine Erklärung bringt*, schrieb Leah und klappte das Heft zu. In ihren Kalender notierte sie: *Nach der Rückkehr mit Leo Kontakt aufnehmen.*

Die Koffer waren gepackt. Die Bücher in die Bibliothek zurückgebracht. Nun musste sie noch die Nachbarin aufsuchen. Frau Jansen wohnte in der gegenüberliegenden Wohnung, sie teilten sich den Flur, auf dem sich der Lift und das Treppenhaus befanden. Leah läutete. In der Türöffnung erschien eine völlig aus der Fassung geratene Frau Jansen.

»Haben Sie das gehört? Haben Sie das gehört?«, fragte sie und forderte Leah mit einer Geste zum Eintreten auf. Leah folgte dem langen Rücken, der am oberen Ende von einer eleganten Frisur begrenzt wurde.

Ist die aber groß, und ihre Wut lässt sie noch größer aussehen, dachte Leah und trat ins Wohnzimmer. Mit einem Nicken wurde ihr ein Stuhl zugewiesen und Leah setzte sich. Ihr gegenüber stand ein Koloss, die Arme bewegten sich wie Windmühlenflügel und der Mund spuckte Klänge aus wie ein Vulkan in Eruption.

»Diese Schufte! Heute Nacht haben sie die Scheiben von meinem Auto eingeschlagen. Hier vor der Türe! Haben Sie nichts gehört? Ich bin wütend. Die müssen ihre Pfoten von fremden Sachen lassen. Sie haben auch die Bezüge ruiniert. Einfach so. Furchtbar. Wer hätte das gedacht, hier in dieser Gegend. Rausschmeißen. Man muss sie rausschmeißen ...«

»Hat man die Täter gefunden?«, fragte Leah leise.

»Natürlich nicht. Die Polizei hat sich nicht einmal die Mühe genommen das Auto zu untersuchen, geschweige denn, die Täter zu suchen. Die ist mit anderen Dingen beschäftigt, mit großen Verbrechen. Inzwischen demolieren, rauben und terrorisieren die weiter. Haben Sie das nicht bemerkt?«

»Bemerkt, was?«

»Unlängst habe ich eine Runde durch das Viertel gedreht, dort drüben, da beginnt es bereits. Sie sind nun auch hier. Man muss durchgreifen, doch niemand tut etwas. Sie sind überall, sie arbeiten nicht. Wozu auch, sie kriegen doch alles von uns ...«

Leah blickte erstaunt auf. Das kann doch nicht wahr sein. Wird eine nette, freundliche Dame durch eine blöde Autoscheibe zur Faschistin? Was sagt die Frau doch, ich muss nachdenken.

»Wissen Sie, ich hätte gern eine Tasse Tee«, sagte sie und Frau Jansen, die noch immer, oder trotz allem, gastfreundlich geblieben war, verschwand in die Küche. Leah bemühte sich ihre Gedanken zu ordnen. Sie fühlte sich zutiefst verletzt. Sie verstand, dass Frau Jansen wütend war, aber die Tirade gegen die Ausländer klang dermaßen überzogen, dass sie nicht bloß von einem kaputten Autofenster herrühren konnte. Was sollte sie tun? Eine Erklärung abgeben oder es dabei belassen, Tee trinken und nach Hause gehen?

»Zucker? Milch?« Frau Jansen stellte das Tablett ab und setzte sich Leah gegenüber. Riesig, sie ist wirklich riesig, dachte Leah noch einmal.

»Nur Zucker bitte. Ich begreife schon, dass es schlimm ist«, begann Leah vorsichtig, »was Sie aber jetzt über das Rausschmeißen sagten, das meinen Sie doch nicht wirklich?«

»Unter uns gesagt, schon. Nicht umsonst bin ich hierher gezogen.« Sie begann leise zu sprechen und rückte ihren Stuhl näher zu Leah. »Ich möchte Ihnen etwas erzählen. Ich habe im Zentrum gewohnt, in einem sehr hübschen Appartement und war sehr zufrieden, bis die da kamen. Erst einer, dann der nächste, und innerhalb kürzester Zeit war das Haus voll von ihnen und ...«
Leah wollte nicht weiter hören. Während sie ihre Teetasse betrachtete, um die Verlegenheit der anderen nicht zu sehen, sagte sie: »Frau Jansen, ich bin auch Ausländerin.«

»Na, ja ...« Der Koloss wachte auf und sah Leah direkt in die Augen. »Sie meine ich natürlich nicht, Sie sind anders. Wie soll ich es sagen ... aber warum lächeln Sie?«

»Ich musste an etwas denken. Mir sind plötzlich Himmlers Worte eingefallen. Es war in einer Rede, die er vor SS-Offizieren über die Ausrottung der Juden, worüber sonst, gehalten hatte. Da sagte er ungefähr Folgendes: ›Sicher denken die meisten Deutschen, dass sie ihren ›guten Juden‹ haben.‹ Daran musste ich denken. Jetzt bin ich Ihre ›gute Ausländerin‹.«

»Aber Leah, ich darf doch Leah sagen, nicht wahr? Das ist etwas anderes, was mit den Juden passiert ist ... ist schrecklich. Das fanden wir damals auch ...«

»Ich weiß, ich weiß«, auch davon wollte Leah nichts hören, »es geht nicht um die Juden, die lassen wir heute aus dem Spiel. Es geht um die Ausländer, besser gesagt um mich. Wie Sie sagen, bin ich anders als die Ausländer, damit sagen Sie, dass Sie mich nicht als Ausländerin sehen. Ich bin aber eine. So wie die anderen, und wenn Sie sich so gegen die Ausländer stellen, dann stellen Sie sich auch gegen mich.« Muss das nun sein, dachte Leah, was mache ich da bloß? Die Frau ist außer sich, will Dampf ablassen und ich lese ihr hier die Leviten. Werde ich je lernen, wann ich besser schweigen soll? Die Stille war unangenehm und Leah fühlte, dass sie etwas sagen musste, aber was? Wider besseres Wissen stand sie auf und trat ans Fenster, das auf den Singel ging. Jede Menge Eisläufer, sst, sst tönte es, hin und her.

»Können Sie Eis laufen? Ich hab es nie gelernt«, sagte Leah.

»Natürlich, ich traue mich noch immer aufs Eis. Herrlich, der Wind und die Kälte auf den Wangen. Auf dem Singel Eis laufen finde ich langweilig, aber auf den großen Flüssen, auf den Seen und dann die Elfstedentocht. Die bin ich zweimal gelaufen. Großartig!« Das Eis war gebrochen und Frau Jansen schenkte Tee nach.

»Was den Wagen angeht, so können Sie auch meinen nehmen.«

»Das ist sehr liebenswürdig von Ihnen, aber ich habe von der Werkstatt ein Auto bekommen. Die Scheiben dürften kein Problem sein, die Bezüge müssen sie bei der Fabrik bestellen und das wird dauern.«

»Eigentlich kam ich um Ihnen zu sagen, dass ich verreisen …«

»Kein Problem, ich werde mich um die Post und die Wohnung kümmern. Wann fahren Sie?«

»Morgen, ich fahre morgen und komme am dreiundzwanzigsten März zurück.« Leah stand auf und kehrte, nachdem sie die Schlüssel übergeben hatte, in ihre Wohnung zurück.

Vor dem Schlafengehen öffnete sie den Koffer, nahm das blaue Heft, das zusammen mit dem roten oben auf den Kleidern lag, und notierte: *Wie viel Diaspora muss ein Mensch in seinem Leben ertragen?*

3. Zurück?

Die Maschine, mit der Leah flog, war ausgebucht.

»Zurück«, hatte Shaul gesagt. Ich fliege jetzt zurück, dachte Leah, wohin zurück wird sich erst herausstellen. Zunächst einmal fliege ich in die Zukunft, zu dem, was noch nicht ist oder erst kommt. Ich fliege also zurück in die Zukunft. Auch der Flug selbst ist ein Rückflug in die Zukunft. Die Uhr bewegt sich ja nach rückwärts und jeden Augenblick erlebe ich die Zeit ein zweites Mal. Ich weiß, dass ich um sechs Uhr dreißig in Buenos Aires landen werde, und gleichzeitig befinde ich mich jetzt, um sechs Uhr dreißig, irgendwo zehntausend Meter über der Erde. Später werde ich die Zeit von sechs Uhr dreißig noch einmal gebrauchen. Ich werde eine von mir schon erlebte Zeit nochmals leben.

Angenommen das Flugzeug kreist, aus welchem Grund auch immer, begann Leah ihr Gedankenexperiment, endlos über dem Ozean, in einem Augenblick und an einem Ort, an dem die zurückgeflogene Zeit durch die vorausgeflogene Zeit kompensiert wird und eine Nullzeit entsteht. Bleiben wir Menschen im Flugzeug dann immer dieselben? Ewige Dorian Grays? Sie schmunzelte und blickte um sich in die südamerikanischen Gesichter, ihre Brüder und Schwestern in der Ewigkeit. Einige schliefen, andere, vermutlich eine Gruppe Studenten, unterhielten sich lebhaft. Sie tauschten Erfahrungen aus, wiederholten, was sie im alten Europa gesehen hatten, prahlten mit den Schnäppchen, die sie erstanden hatten. Zwei junge Männer, die vor ihr saßen, suchten einander mit dem, was sie in Holland erlebt hatten, zu übertrumpfen. Es ging um die Amsterdamer Rotlichtviertel und die Coffeshops. Für die Mühlen und Holzschuhe hatten sie kein Auge gehabt, auch die Fahrräder konnten ihnen keine Begeisterung entlocken.

Die Fahrräder. Da stand die Mutter, in der Mitte des Patio, mit einer Zeitschrift in der Hand.

»Schaut, schaut«, hatte sie gerufen und vier neugierigen Augen die Farbfotos gezeigt, »hier, diese Frau auf dem Fahrrad ist die Königin von Holland. Die Königin von Holland fährt Rad, so wie ich.« Später hatten die beiden die Mutter auf dem Fahrrad gesehen und aufgeregt gerufen: »Die Königin!«

Meine erste Begegnung mit Holland, dachte Leah und schlief ein.

Warm. Es war Hochsommer und es war warm. Auf dem Flughafen herrschte wenig Betrieb, der südamerikanische Lebensgeist kam erst langsam auf Touren, alles spielte sich in slow motion ab. Die Passkontrolle, die Träger, die das Gepäck schleppten, der Zollbeamte, der darauf achtete, dass man nicht mehr als die gesetzlich erlaubten Waren einführte.

Leah ging zum Schalter und händigte ihren Pass aus. Der junge Polizeibeamte musterte zuerst den Pass, dann Leah und sagte schließlich: »Einen Moment, bitte«, erhob sich langsam und verschwand hinter einer Türe, die einige Meter weiter die Monotonie einer langen Wand durchbrach. Leah schaute ihm nach. Nach ein paar Minuten erschien derselbe Polizeibeamte in Begleitung eines Vorgesetzten. Ein Mann in den Vierzigern, mit einem gepflegten

Schnurrbart und vielen Streifen auf seiner Uniform. Mit gedämpfter Stimme bat er die Señora ihm zu folgen.

Was denn sonst, dachte Leah, natürlich wird die Señora ihm folgen. Sie gingen durch dieselbe Türe und traten in ein kleines Zimmer. Dort standen zwei Schreibtische, hinter denen schweigend zwei schnurrbärtige Autoritäten saßen. Der Mann gab Leah die Hand, stellte sich vor, Leutnant Carrera, und wies ihr einen Stuhl gegenüber dem seinen an. In der Hand hielt er ihren Pass.

»Sie sind Leah Braunstein?«, fragte er, während er aus dem Pass vorlas.

»Ja.«

»Sie leben in Holland?«

»Ja.«

»Wie lange?«

»Entschuldigen Sie, aber vielleicht können Sie mir sagen, worum es geht?« Leutnant Carrera blickte zu seinem Kollegen, blätterte im Reisepass, wandte sich zu Leah und sagte:

»Bien, Sie kommen mit einem holländischen Pass nach Argentinien, aus dem hervorgeht, dass Sie Argentinierin sind, folglich müssen Sie mit einem argentinischen Pass einreisen. Señora, Sie haben gegen das Gesetz verstoßen.« Die beiden anderen Beamten hatten ihre Plätze verlassen und sich links und rechts neben dem Leutnant positioniert. Ein Triumvirat.

Leah blickte ins Leere. Das durfte nicht wahr sein. Sollte die Reise, der Auftrag, das Ziel auf einen Aufenthalt in einer grauen Zelle hinauslaufen? Wird David jetzt vergebens warten oder werden sie mir die Möglichkeit geben ihn anzurufen? Ich werde Hilfe benötigen, bloß von wem? Bei wem kann ich um Hilfe bitten, sicher nicht bei der niederländischen Botschaft, es handelt sich doch um eine argentinische Angelegenheit …

»Señora, wann waren Sie zum letzten Mal in Argentinien?«

»Ich bin vor vierzig Jahren fortgegangen und jetzt zum ersten Mal zurückgekommen.«

»Sie leben also schon seit vierzig Jahren in Holland«, bemerkte Carrera, legte den Pass auf den Tisch und begann sich Notizen zu machen. Gepflegte Hände, ein Ehering am Mittelfinger.

»Nein. Ich bin nach Israel gegangen, später nach Holland. Ich lebe seit dreißig Jahren in Holland.«

»Und wo haben Sie Ihren argentinischen Pass?«

»Den habe ich den niederländischen Behörden übergeben, als sie mir die Staatsbürgerschaft verliehen. In Israel war das anders, da durfte ich meinen argentinischen Pass behalten. Dort besteht, wenn ich mich richtig erinnere, ein diesbezügliches Abkommen. Das ist so lange her. Vermutlich sollte ich die Gesetze kennen, doch habe ich nicht einen Augenblick daran gedacht, dass ich mit einem argentinischen Pass einreisen muss.« Der Leutnant machte Notizen.

»Das ist das Gesetz«, sagte einer der beiden Männer, die neben ihm standen, »Sie hätten beim argentinischen Konsulat um einen Pass ansuchen müssen. So lautet das Gesetz und daran haben wir uns alle zu halten.«

Stimmt, dachte Leah, und was jetzt? Wahrscheinlich habe ich die argentinische Ehre besudelt und werde dafür büßen müssen. Die argentinische Ehre, hier von diesen drei makellos gebügelten Uniformen und den drei Schnurrbärten verkörpert. Und von San Martin, El Libertador, dem Befreier. Den dürfen wir nicht vergessen. Da thront er, an der Wand, hinter dem Triumvirat. Da sitzt er in einer weißen Reiterhose auf seinem Schimmel auf einem Gipfel der Anden. Und Leah erinnerte sich, wie sie und Chawah in der Klasse eifrig überlegten: Wie konnten

Hose und Pferd so makellos weiß sein, mitten in den Bergen, mitten im Kampf? Das Rätsel entwirrten sie später, als sie in einem Geschichtsbuch entdeckten, dass die Wirklichkeit anders ausgesehen hatte. El Libertador war ernsthaft krank gewesen, und um das Gebirge zu überqueren, wurde er von wackeren Soldaten auf einer Bahre getragen. Trotzdem porträtierte man ihn für die Ewigkeit auf seinem Schimmel. Als Symbol für die argentinische Ehre. Und die habe ich jetzt wahrscheinlich verletzt. Strafe. Sei es so, ich bin müde.

»Was ist der Grund für Ihr Kommen nach so vielen Jahren der Abwesenheit?«, fragte Carrera und sah Leah an.

»Ein Todesfall. Meine Zwillingsschwester ist gestorben«, sagte Leah spontan und erschrak über ihre eigenen Worte. Die Worte brachten etwas in Bewegung. Das Triumvirat veränderte seine Haltung. Die Männer strichen sich die Schnurrbärte, warfen einander wiederholt Blicke zu und schwiegen. Stille. Totenehrung. Plötzlich erhob sich Carrera und ging, gefolgt von den anderen, aus dem Zimmer. Leah blieb sitzen und lauschte dem Widerhall ihrer Worte. Der Leutnant kehrte alleine zurück, setzte sich auf seinen Stuhl, lächelte Leah zu und sagte:

»Mein Beileid. Ich denke, ich habe die Lösung gefunden. Hier ist Ihr Pass, mit dem können Sie in Argentinien einreisen. Sie müssen aber sofort zur Policía Federal gehen und einen argentinischen Pass beantragen. In das Ausreisevisum, das jeder Ausländer beim Verlassen des Landes vorzeigen muss, werde ich eintragen, dass Sie einen argentinischen Pass besitzen. Sie verstehen, so kann ich sicher sein, dass Sie sich den richtigen Pass besorgen werden. Haben Sie verstanden?« Leah nickte. Hatte sie die lateinamerikanische Seele gerührt? Hatten diese Männer eine sentimentale Ader?

Wahrscheinlich schon, dachte sie, »das Tangogefühl«. Erleichtert stand sie auf, nahm ihren Pass, dankte Leutnant Carrera, wünschte ihm einen guten Tag und begab sich in die Ankunftshalle, um ihren Koffer zu holen.

Mit dem Koffer in der Hand schritt Leah zum Zoll. Für diese Kontrolle hatten die Argentinier sich ein sonderbares System ausgedacht. In Amsterdam wurde das »System des guten Gewissens« angewandt. Jeder konnte selbst entscheiden, ob er der roten oder der grünen Linie folgte, mit dem Wissen, dass die erste für Personen war, die zollpflichtige Güter einführten, und die zweite für jene, die nichts anzugeben hatten. Hier in Ezeiza befand sich in der Mitte der Ankunftshalle ein Pfeiler mit einem großen Knopf. Jeder Passagier war angehalten den Knopf zu drücken. Wenn das grüne Licht aufleuchtete, konnte man ohne weitere Kontrolle ins Land, ging aber das rote Licht an, so wurde man zu einem Tisch geführt und der Beamte durchsuchte die Koffer. Das war das »Viel-Gepäck-Selber-Schuld-System«, dachte Leah. Du hast dein Schicksal in den Händen. Sie drückte auf den Knopf. Das grüne Licht begrüßte sie und sie betrat Argentinien.

Leah saß in dem luxuriös eingerichteten Restaurant. Auf der Bank hatte sie Geld gewechselt und beim Informationsschalter erfahren, dass in zwei Stunden ein Bus zum Aeroparque abfuhr. Von dort ging ihr Anschlussflug nach Santa Fé.

Nach vierzig Jahren war sie in Chawahs Wirklichkeit eingetreten. Sie blickte sich um. Der große Raum war beinahe leer und sie wusste, dass dies an den exorbitanten Preisen lag.

»Es sieht so aus, als ob wir mit unserem Konsumieren den Preis für das hier verwendete Holz bezahlen«, hatte Chawah entrüstet festgestellt. Holz. Die Tische, die Stühle und die riesige Bar waren aus Mahagoniholz. Das Kastanienbraun glänzte in der morgendlichen Sonne und reflektierte das Licht auf dem Boden, der aus breiten Merbaubrettern bestand. Vom Gipsplafond, der mit Ornamenten verziert war, hingen Kristallluster und an der fensterlosen Wand hing San Martins Porträt, mit einer argentinischen Flagge dekoriert.

»Das ist kein Flughafenrestaurant«, hörte sie Chawahs Stimme, »das ist eine Botschaft. Dem Ausländer soll sie bei seiner Ankunft erzählen, wo er ist und den ausreisenden Argentinier daran erinnern, welches Land er verlässt.«

Der Bus, ein alter Mercedes, fuhr pünktlich ab. Es war Mittag. Überall Licht und überall Hitze.

Mittagszeit, dachte Leah. Die Zeit, wenn die Sonne im Zenith steht, die Schatten verschwinden und alles frei steht. Die totale Unverborgenheit und die totale Transparenz. Die Zeit, in der die Möglichkeit zur Differenzierung verschwindet, die Kontraste verschwinden, keine Tiefe, keine Konturen. Die sonnendurchflutete Mittagsstunde. Die flimmernde Hitze vermittelt den Eindruck, die Zeit sei stehen geblieben. Ein anhaltendes Jetzt tut sich auf.

»Beinahe pornographisch«, sprach Leah zu sich selbst, »die Nacktheit, in der sich alles zeigt. Die Sonne gleicht einem Zuhälter, der durch seine Anwesenheit die Prostituierte in ihrem Prostituiertendasein bestätigt, selbst wenn sie dies zu verbergen trachtet. Die Sonne als mächtiger Zuhälter, der der Stadt die eigene Nacktheit aufdrängt.«

Die Stadt. Buenos Aires. Die große Torte. Man hat die Stadt wie eine große Torte durchgeschnitten, hatte Chawah erklärt. Bloß um die große Avenida de Circunvalación, den Ring, zu bauen und das Problem der endlosen Autoschlangen zu lösen, hat man ohne Scheu eine

Schneise in die Stadt geschnitten. Leah schaute und konnte beinahe die Schneide des Messers fühlen. Überall waren verstümmelte Räume, die wie offene Wunden dem Reisenden entgegenklafften. Ein halbes Badezimmer, dessen Fliesen in der Sonne glänzten, ein Teil eines Wohnzimmers, in dem ein abgedankter Kronleuchter keine Funktion mehr hatte. Eine aufgerissene Küche, die Überbleibsel eines Wohnzimmers mit versengten Tapeten und hier und da Türen, die in die Leere schauten.

»Hat denn niemand dagegen protestiert?«, hatte Leah gefragt. »Haben die Bewohner zugelassen, dass ihre Wohnungen …«

»In welcher Wirklichkeit lebst du eigentlich?«, hatte Chawah sie unterbrochen. »Wieso die Bewohner? Du glaubst doch nicht, dass man die Bewohner informiert oder gar gefragt hätte? Übrigens machte man dies nicht für die Bewohner, sondern für die Stadt. Besser gesagt, für sich selbst. Die Regierung musste um jeden Preis ihren Stempel aufdrücken und nun hat Buenos Aires, wie jede Metropole, die sich großstädtisch geben will, einen Ring um sich herum. Endlich ist auch sie eine Braut geworden.«

Leah betrachtete ihre ringlosen Finger. »In welcher Wirklichkeit lebst du eigentlich?«, hallten Chawahs Worte wider. Der alte Mercedes hatte inzwischen den Ring verlassen und fuhr ächzend und stöhnend durch die Straßen eines Außenbezirks. Sie näherten sich dem Aeroparque und Leah ging zum hinteren Ausstieg des Busses.

Es war sieben Uhr abends, die Provinzstadt räkelte sich aus der Siesta. Die Sonne verschwand hinter den Gebäuden und gab der Wirklichkeit ihre Verborgenheit zurück. Leah saß neben David, der das Auto geschickt durch den Verkehr manövrierte. David, Chawahs Sohn. Gut aussehend. Er war ein Mann geworden. Vierunddreißig war er nun, genauso alt wie Shaul. Vor zehn Jahren hatte sie ihn zum letzten Mal gesehen, als er mit ein paar Freunden durch Europa gezogen war. Er wandte sich ihr zu und sagte:

»Du bist ohne Zögern auf mich zugegangen. Hast du mich denn sofort erkannt?«

»Natürlich«, antwortete sie und sah die Frage in seinen Augen.

»So schwierig war das nicht«, erklärte sie. »Erstens warteten nicht so viele Menschen auf dem Flughafen, und zweitens gab es nicht so viele ›jiddische Köpfe‹.« David lachte. »Ehrlich gesagt, du hast so erstaunt geschaut, dass ich dich nicht verfehlen konnte«, sagte Leah und bemerkte, dass die langen, gepflegten Finger das Lenkrad krampfhaft festhielten. Ohne den Blick vom Verkehr abzuwenden, sagte er: »Du siehst ihr so ähnlich …«

Sie fuhren auf der breiten Avenida, die die Konturen des Paraná-Flusses widerspiegelte. Zu ihrer Linken, vor dem Wasser, erstreckten sich breite Rasenflächen, die teilweise als Spielplätze genutzt wurden. Hier und da standen Pavillons mit Dutzenden von Tischen, die zum Verweilen luden.

»Haben wir Zeit?«, fragte Leah.

»Sicher, ich habe den ganzen Abend frei und Rachel wird später kommen. Sie musste einen Vortrag halten. Wahrscheinlich hat Mutter es dir erzählt. Sie beschäftigt sich mit Kommunikationswissenschaften.« Das wusste Leah schon. Eigentlich wusste sie alles. Durch die Briefe und Chawahs regelmäßige Besuche war sie auf dem Laufenden.

»Ich würde gerne irgendwo im Freien sitzen. Mich akklimatisieren.«

David parkte das Auto und führte Leah zu einem der Pavillons. Stille. Leah blickte auf die prächtigen Villen, die wie eine würdige Ehrenwacht für den Paraná an der anderen Seite der Avenida standen. David vermied es, sie anzusehen. Die Ähnlichkeit tat weh und verwirrte ihn. Nicht nur das Gesicht, auch die Haltung, die Bewegungen und sogar die Stimme waren eine Kopie von Chawah. Zugleich wusste er nicht, wie er beginnen sollte. Er musste es ihr erzählen, aber wann? Sicher bevor sie Rachel trafen. Rachels vorwurfsvollen Blick konnte er nicht noch einmal ertragen.

»Ich muss zugeben, dass mich dein Kommen überrascht. Ziemlich sogar«, begann er.

»Mich auch. Es ging spontan und hier sitze ich nun neben dir. Merkwürdig. Ich freue mich, dich zu sehen«, sagte Leah und strich über Davids Hand, die auf dem Tisch lag. Warm, so wie Shauls Hände, immer warm. David errötete.

»Was gibt es?«, fragte er.

Er sah Leah in die Augen. Sie weiß es, dachte er. Genau wie meine Mutter, sie kennt mich und weiß, dass ich etwas verberge. David entschuldigte sich und ging in den Pavillon. Mit den Augen folgte Leah der hochgewachsenen Gestalt mit den dunklen gekräuselten Haaren. In der Toilette hielt David sein Gesicht unter den Wasserhahn und versuchte, die Verwirrung wegzuspülen. Er blickte in den Spiegel und sah die dunklen Haare, die gut geformte Nase, die braunen Augen, den mittelmäßigen Mund und die glatt rasierten Wangen. »Reiß dich zusammen«, sagte er zum Spiegelbild, »sie ist schließlich nicht deine Mutter, die ist tot. Fort, weg.«

Auf dem Tisch standen die bestellten Getränke. David trank ein Cola. Leah nippte an ihrem Tee.

»Leah, es gibt Veränderungen. Wir ziehen fort.« Schau mal, es war heraus. Leah zog die Brauen hoch und wartete. »Vor kurzem, genauer gesagt vor zwei Monaten, bekam ich ein Angebot. Das Hadassah-Krankenhaus in Jerusalem hat mir angeboten dort zu arbeiten. In der psychiatrischen Abteilung.«

»Meinen Glückwunsch! Das ist phantastisch. Erzähl, erzähl, wann geht ihr und für wie lange, und wie ist es dazu gekommen?«

»Alles ist ziemlich plötzlich passiert. Ungefähr vor einem Jahr war ich in Buenos Aires auf einem psychiatrischen Kongress. Dort lernte ich Leute vom Hadassah kennen. Ich hatte sie eigentlich völlig vergessen, aber vor zwei Monaten bekam ich einen Brief mit der Einladung. Sie hatten mich nicht vergessen und wollen mich dort haben. Du kennst das schon, Juden untereinander.«

»Ja, das kenne ich und so soll es auch sein.«

»Eine typische Antwort meiner Mutter«, murmelte David und setzte fort:

»Wann wir fortgehen, steht noch nicht fest. Es hängt davon ab, wie viel Zeit wir brauchen, um alles zu regeln. Leah, wir gehen für immer weg. Wir emigrieren nach Israel. Das ist auch das Kriterium für die Einladung, sie brauchen Psychiater und einen besseren Ort kann ich mir gar nicht vorstellen.«

»Und Rachel?«

»Sie ist im siebten Himmel. Vor Jahren, noch bevor ich sie kannte, verbrachte sie ein Jahr in Israel. Eine Art Studienjahr, und seither möchte sie nichts anderes.«

»Wunderbar. Aber was musst du denn noch regeln?«

»Viel. Wir müssen unser Appartement verkaufen und auch Mutters Wohnung. Dann noch die Übersiedlung. Wir müssen alles in einem Container unterbringen, den wir zum Weitertransport zum Hafen von Buenos Aires schicken und …« David zögerte und wandte den Blick von Leah ab.

»Und?«

»Dann ist da noch das Haus im Dorf.«

Das Haus im Dorf. Das Elternhaus. Das Zuhause. Leah erschrak. Das war es also, darum war David so angespannt.

»Ich war dabei, dir einen Brief zu schreiben, doch dann riefst du an und erzähltest von deiner Reise.« Davids Blick folgte dem Weg einer Ameise, die sich mit ihrer schweren Last um die nassen Kreise auf dem Tisch bewegte. Sie können eine Last tragen, die mitunter zehn bis zwanzig Mal schwerer ist als ihr eigenes Gewicht, erinnerte sich David, diese winzigen Wesen, die kaum mehr als fünf bis zehn Milligramm wiegen.

»Geschickt, nicht?«, hörte er Leah sagen. Auch sie beobachtete die Ameise.

»Ja, so viel tragen können …«, sagte er.

»Und ganz selbstverständlich den Weg nach Hause finden«, fügte Leah hinzu. Gemeinsam beobachteten sie die Ameise, die vorsichtig, aber ohne zu zögern, am Tischbein entlang ihren Weg zum Boden suchte.

»Komm David, gehen wir, ich bin müde von der Reise und möchte mich frisch machen.« David zahlte, und sie fuhren in die Stadt Richtung Zentrum.

»Mach dir keine Sorgen um das Haus, ich bin jetzt hier. Wir werden schon eine Lösung finden.«

David fühlte sich erleichtert. Das Haus im Dorf war seine größte Sorge. »Das Haus bleibt«, hatte Chawah seinerzeit zu ihm gesagt, als sie nach dem Tod seiner Großeltern das Vieh und die Felder verkauft hatte. Das Haus blieb und Chawah zog sich dorthin zurück, »zur Einkehr«, wie sie es nannte. Auch er fuhr ab und zu aus nostalgischen Gründen dorthin, seiner Kindheitserinnerungen wegen.

4. Das Haus

Zufall oder Fatalismus? Die Fatalismusverfechter verteidigen die These, dass der Mensch ohnmächtig ist; er kann bloß das tun, was er tut oder tun muss. Der Mensch kann auf die gleiche Weise in die Zukunft blicken, wie er in die Vergangenheit schaut. In der Vergangenheit sehen wir das, was bereits passiert ist und was wir nicht ungeschehen machen oder verändern können. Was die Zukunft betrifft: Wir können hoffen, dass bestimmte Dinge geschehen, wir können aber nichts tun, um Dinge, von denen wir hoffen, dass sie eintreten, geschehen zu lassen. Was geschehen muss, geschieht. Die zukünftigen Handlungen sind die, die uns bevorstehen. Alles ist vorherbestimmt. Es ist unmöglich, dies zu begreifen. Unvorstellbar, dass Milliarden Menschen unzählige Handlungen verrichten, die vorherbestimmt sind, um die Ereignisse und Entwicklungen innerhalb der Natur und des Weltalls nicht zu vergessen. Wie unerwartet kann dann das Unerwartete sein, und was bleibt von unserem steten Bemühen übrig, wenn wir mit der getroffenen Entscheidung erfassen, dass diese im Moment für uns die einzig mögliche war?

Nein, dachte Leah, dann lieber Zufall. Es ist reiner Zufall, dass ich hier bin, in einem Moment, wo es nötig ist. Der Zufall behagte ihr mehr. Der Zufall verweist auf das, was uns zufällt. Auf das Überraschende, das Außergewöhnliche, das Unerwartete, wie die Zukunft das enthält, was uns zukommt. Der Zufall, der uns mit der Kontingenz unseres Daseins konfrontiert und die inhärente Unvorhersehbarkeit des Lebens präsentiert. Wenn es aber darauf ankommt, sind auch der Zufall und der Fatalismus Parallelen, da beide den freien Willen leugnen. Der freie Wille, die größte Erfindung unserer Zivilisation und das Steckenpferd der Moderne. Der freie Wille, der dem Menschen die Möglichkeit bietet, der Schöpfer seines eigenen Lebens zu sein. Der dem Menschen ein gottgleiches Können vorspiegelt und ihn in ein euphorisches Können, Dürfen und Müssen taucht. Wir können werden, was wir wollen. Wir dürfen werden, was wir wollen. Wir müssen werden, was wir wollen. Ein ewiges Fest, bis der Preis sich anmeldet: die Verantwortung. Rechenschaft zu geben über unser Handeln, unsere Wahl, unsere Entscheidungen. Verantwortung zu tragen für die Konsequenzen unseres Tuns und Lassens. Verantwortung abzulegen für das, was wir schaffen, nämlich uns selbst.

Leah stand auf und ging ins Bad. Stille. David und Rachel waren fort, und sie freute sich auf die Aussicht, einen Tag für sich zu haben, ohne die erstaunten Blicke der beiden zu fühlen. Sicher, sie mussten sich an sie gewöhnen, das begriff Leah, aber auch für sie war das Zusammensein eine ungewohnte Erfahrung.

»Ein Zwilling zu sein ist etwas Selbstverständliches«, hatte sie zu Rachel gesagt, »so wie es für dich wahrscheinlich selbstverständlich ist kein Zwilling zu sein. Das Besondere ist gerade, das Nicht-mehr-Zwillingsein. Ich muss zugeben, dass ich mich nun deprimiert fühle. Vielleicht hängt das mit meiner Müdigkeit zusammen, vermutlich hat es aber mit ihrer Abwesenheit zu tun. Besser gesagt, mit der Anwesenheit ihrer Abwesenheit, die sich gerade hier in ihrer wahren Gestalt zeigt. Ich bin hier, in ihrer Welt, an ihrem Ort und sie ist nicht da.«

»Wie sieht es denn damit aus, David?« Rachel wollte genaueres wissen; sie fühlte sich in Leahs Gegenwart freier als bei Chawah – trotz der Ähnlichkeit. »Was sagt die Psychiatrie dazu?«

»Viel«, antwortete er unbehaglich, »es scheint mir aber besser, dieses Gespräch auf ein anderes Mal zu verschieben. Leah hat eine lange Reise hinter sich und zudem muss ich morgen früh aufstehen.«

Die Psychiatrie hat viel über Zwillinge zu sagen, besonders über eineiige, und David hatte sich wie ein Voyeur gefühlt. Nicht ohne Schwierigkeiten hatte er sich in das Thema vertieft und versucht, eine wissenschaftliche Distanz herzustellen. Leicht war es nicht, zunächst war er schließlich Sohn, dann erst Psychiater. Nun stand Leah vor ihm, die andere Hälfte der Mutter, der Teil von Chawah, zu dem er keinen Zugang gehabt hatte. Das verbotene, das geheimnisvolle, das innige Bündnis, das die beiden miteinander verband und ihn ausschloss. Gleichzeitig schämte er sich für seine Gefühle, er ertappte sich, dass er auf Leah böse war.

Warum ist meine Mutter gestorben und nicht du?, fragte er sich. Dann hätte ich die Möglichkeit gehabt, das Nichtausgeschlossensein zu erfahren, eine nicht geteilte Mutter zu haben.

Auf dem Küchentisch lagen ein Brief von David und die Schlüssel von Chawahs Wohnung. Leah aß ein Butterbrot, trank ein Glas Milch und verließ das Appartement. Mit dem Lift fuhr sie die zehn Stockwerke hinunter und ging in die Stadt. Es war heiß und hektisch.

Sie gleicht einem Ameisenhaufen, dachte Leah, überall Menschen, die hin und her laufen. Schnell, hastig, und über diesem endlosen Wirrwarr von Bewegungen waren die Geräusche. Es wurde gesprochen, geschrien und gehupt.

Das Stadtzentrum. Geschäfte, Restaurants, Cafés, Banken; das bekannte Bild, bloß die Geräusche waren anders. Fremd und doch bekannt. Leah ließ sich von der Menge treiben und genoss die Anonymität, die ihr die Masse verschaffte. Diszipliniert folgte sie den Anweisungen, die David auf dem Zettel notiert hatte, bei jedem Schritt fühlte sie den Wohnungsschlüssel in der Hosentasche. Allmählich verließ sie das rege Treiben und gelangte in die Stille nahezu verlassener Straßen. Chawahs Wohnung befand sich in einem entlegeneren Stadtteil. Das Schloss gab gnädig nach und die Türe ging leicht und geräuschlos auf. Dunkelheit. Leah ging durch alle Zimmer, schob die Vorhänge zur Seite, zog die Jalousien hinauf und ließ das Licht hereinströmen.

Wüst und leer, bemerkte Leah. Das war es. Das war das Gefühl, für das sie noch keine Bezeichnung finden konnte. *Der Ort, den Chawah hinterlassen hat, ist wüst und leer.* Sie nahm den Kalender aus ihrer Tasche, um diesen Gedanken zu verewigen. Die Türglocke ging, kurz und laut. Leah öffnete. Vor ihr stand eine kleine Gestalt, eine ältere Frau, die sie mit offenem Mund anstarrte.

»Ja?«, fragte Leah, den Blick auf den Mund gerichtet.

»Die Señora Chawah! Sie ist zurückgekehrt! Ein Wunder, Wunder …!«, rief der Mund und küsste das Kreuz, das die Frau mit der Hand hochhielt.

»Nein, nein«, sagte Leah und packte die alte Frau, bevor diese ihren Kniefall ausführen konnte, »schön wäre es, wenn sie zurückgekehrt wäre. Ich bin ihre Schwester.«

»Die aus dem Ausland?«

Leah nickte.

»Ich bin die Nachbarin, Frau Garcia.«

Leah drückte die zitternde Hand.

»Glauben Sie mir, Frau Garcia, ich würde auch gerne an Wunder glauben. Kommen Sie herein, vielleicht gibt es noch etwas zu trinken«, sagte sie und ging in die Küche. Frau Garcia schlurfte in ihren Pantoffeln hinterher. Das Kreuz, das an einer Kette um ihren Hals hing, befand sich wieder an seinem Platz.

»Ich glaube nicht, dass Sie hier etwas finden werden«, bemerkte Frau Garcia. »David und ich haben beinahe alles weggeräumt. Wie Sie sicher wissen, steht die Wohnung zum Verkauf und ich kümmere mich um die Interessenten. Wenn Sie möchten, mache ich bei mir einen Kaffee oder was anderes.«

»Mate, ich hätte gerne einen Mate.«

Ein paar Minuten später saßen die beiden Frauen und tranken Mate. Frau Garcia, die ihre Blicke noch immer nicht von Leah lassen konnte, erzählte. Von Chawah, von all den Jahren, die sie nebeneinander gewohnt hatten, von David, und dass sie immer auf die Wohnung aufpasste, wenn Chawah fort war. Leah hörte zu und war der Besucherin dankbar, so konnte sie sich langsam an die Idee, an die Tatsache gewöhnen, dass sie hier in Chawahs Wohnung war. Es war bald Mittag und Frau Garcia musste das Essen vorbereiten. »Möchten Sie vielleicht bei mir essen?«, fragte sie.

»Nein«, lehnte Leah dankend ab, »ich möchte hier die Sachen in Ordnung bringen«, und sie dachte bei sich, die Ausländerin muss sich erst an diese spontane Gastfreundschaft gewöhnen.

Leah ging durch die Zimmer. Die Wohnung war klein, Wohnzimmer, Küche, Bad und zwei Schlafzimmer. Das Wohnzimmer und die beiden Schlafzimmer gingen auf einen kleinen Vorgarten, der die Fassade von der Straße trennte, die anderen Räume grenzten an einen Patio. Hinter dem Patio lagen die Gärten der Nachbarn.

»Ein paar Möbel nehmen wir mit«, hatte David erzählt, »der Rest wird verkauft. Wenn du etwas haben möchtest, musst du es sagen oder einfach mitnehmen. Irgendwo steht eine Schachtel mit deinem Namen drauf, die ist für dich.« Leah betrat das große Schlafzimmer und legte sich auf das Bett.

Ach, hier lag sie und sah, was ich nun sehe: Den Plafond mit den Ornamenten, das Fenster zur Straße und den Wandschrank. Hier schlief sie, als das Herz ohne vorherige Warnung oder Ankündigung zum Stillstand kam. Leah stand auf und öffnete die Schranktüre. Leere. Nur die Kleiderbügel, die das Gefühl von Keine-Kleider-mehr betonten. Durch den Korridor gelangte sie in das zweite Schlafzimmer.

»Hier habe ich, nachdem David auszog, ein Arbeitszimmer eingerichtet«, hatte Chawah ihr erklärt. Ein großes Fenster ging auf den Patio. In den Regalen standen noch Dutzende Bücher und auf dem Schreibtisch lag die Schachtel mit ihrem Namen darauf. Sie öffnete sie.

Die Briefe. Es waren alle Briefe, die sie Chawah in den letzten vierzig Jahren geschickt hatte.

Hier liegen meine Briefe, dachte Leah, so wie in Rotterdam Chawahs Briefe liegen. Mit der Schachtel ging sie zurück ins Schlafzimmer, setzte sich auf das Bett und leerte den Inhalt aus. Chawah hatte fünf Bündel mit Gummibändern gemacht. Die Briefe befanden sich in den Umschlägen, die Briefmarken verrieten ihren Ursprung. Die Umschläge waren nach dem Datum des Eintreffens geordnet und nummeriert. Außer den fünf Bündeln gab es noch drei lose Umschläge – die letzten Briefe – Nr. fünfhunderteins bis fünfhundertdrei. In jedem Päckchen waren hundert Briefe zusammengebunden. Leah befreite die Umschläge und verstreute sie um sich herum.

Meine Lebensgeschichte, dachte sie. Fasst die Geschichte auch den Sinn davon in Worte?, fragte sie sich und musste an György Konrad denken, der in einem

Interview bemerkt hatte, dass man, wenn man jemanden nach dem Sinn seines Lebens fragte, als Antwort seine Lebensgeschichte erhielte.

Leah schloss die Augen und wühlte in dem Papierstapel … »Wie die Hand meiner Mutter in den Eingeweiden des geschlachteten Hahns am Freitagabend …«, kamen die Worte von Amichai und Leah murmelte: »Wie die Hände in den Eingeweiden meines Lebens.« Sie nahm einen Umschlag und betrachtete ihn. Israel. Sie nahm den Brief heraus und begann zu lesen.

Die ersten Worte kannte sie schon. Sowohl ihre als auch Chawahs Briefe begannen mit den gleichen Worten: »Hier bin ich.« In den Worten, den Zeichen, den Sätzen hatten sie all die Jahre einander gesucht, gefunden, waren einander begegnet. »Hier bin ich«, war die Antwort auf die stets latente Frage: »Wo bist du?« Die Frage, die einfach so auftauchen konnte und worauf Leah meist die Antwort wusste: »Hier bist du, hier mit mir, bei mir.« Manchmal geschah es jedoch, dass Leah die Antwort nicht hörte, weil der Raum zu voll war, voll von Freude, Kummer oder voll von dem Nichts. Dann nahm sie einen beliebigen Brief und las: »Hier bin ich«, und alles war gut.

In den Händen hielt sie einen Brief aus Israel. Die Geschichte ihrer Ankunft. Die Euphorie des Unbekannten, des Anderen, des Neuen. Die Freude über ein Ideal, das Wirklichkeit geworden war. Und die Sehnsucht. Der Brief endete mit den Worten: »Ich vermisse dich so …« Ein anderer Umschlag. Israel. »Hier bin ich und Shaul ist bei mir«, begann der Brief. Der Sohn, das Versprechen, die Mutterschaft und das Erstaunen. Die Freude über das Wunder der Geburt und das Zustandekommen eines neuen Bündnisses. Und die Sehnsucht. »Du fehlst mir so …« Die Sehnsucht, die das Verlangen aufrecht hält. Wir sehnen uns nach dem, was nicht ist, nach dem, was wir vermissen, und wir vermissen das, wonach wir uns sehnen. Sehnen und Sehnsucht, das Perpetuum mobile des Heimwehs, die Triebfeder der endlosen Suche, die wir das Leben nennen.

»Leah, Leah …«

Leah öffnete die Augen. David stand neben dem Bett. Sie war zwischen all den Briefen eingeschlafen. Sie wollte aufstehen, es gelang ihr nicht.

»Mir ist schwindlig«, sagte sie.

»Warte, ich bringe dir ein Glas Wasser.« Sie hörte ihn in der Küche hantieren und sogleich kehrte er mit einem Plastikbecher in der Hand zurück.

»Trink, hier ist es furchtbar warm.« David blickte aus dem Fenster. Er war verlegen. Er war in eine verbotene Intimität eingedrungen und wusste nicht, wie er sich verhalten sollte. So hatte er auch seine Mutter gesehen, zwischen den Briefen, mit den Briefen, unerreichbar war sie gewesen, irgendwo anders. Er wusste, Mutter ist jetzt bei Leah, und der Raum war voll, für ihn war kein Platz. Dann zog er sich zurück und vermisste einen Schicksalsgenossen, einen Bruder oder eine Schwester, gegebenenfalls einen Hund, mit dem er reden, mit dem er diese unaussprechliche Einsamkeit teilen konnte.

Mit der Schachtel auf ihrem Schoß saß Leah neben David, als sie gemeinsam in Richtung Zentrum fuhren. Es war Freitagabend und auf dem gedeckten Tisch brannten die Sabbatkerzen. Leah lehnte seinen Vorschlag ab, in die Synagoge zu gehen.

Ich mag es nicht, wenn alle Blicke auf mich gerichtet sind, dachte sie. Rachel beschloss zu Hause zu bleiben, sie würde mit Leah das Essen vorbereiten. David ging, er wollte seine Pflicht wahrnehmen. Seine Anwesenheit war gefordert, nicht so sehr, um am Gebet teilzunehmen, vielmehr um seiner Aufgabe im Sicherheitsdienst nachzukommen. »Unsere Könige sind Krieger geworden«, hatte Chawah bemerkt. So nannten sie ihre Söhne: Könige, und über sie sprachen sie im Plural, unsere Söhne, unsere Könige, Shaul und David.

»David, ich möchte gern ins Dorf.«

»Sag nur wann, ich fahre dich hin.« David stellte seine Kaffeetasse nieder und blickte zu Leah, Rachel blickte zu David, Leah blickte in ihren leer getrunkenen Becher.

»Wenn es geht, morgen. Wie sieht es mit dem Haus aus?«

»David hat mit Ramona gesprochen«, sagte Rachel zu Leah, »sie hat das Haus für deinen Besuch gelüftet und hergerichtet.«

»Das Haus ist unverändert geblieben, dafür hat Mutter gesorgt«, bemerkte David und fragte: »Hast du eine Idee, was du mit dem Haus machen wirst? Ich meine, hast du die Absicht es zu verkaufen?«

»Das geht nicht, das Haus kann nicht verkauft werden.« Leah fühlte die verwunderten Blicke von Rachel und David.

»Seht, ich habe es nicht richtig gesagt«, begann Leah ihre Erklärung, »das Haus kann zwar verkauft werden, doch sind damit hohe Kosten verbunden, Kosten, die jeden möglichen Gewinn übersteigen werden. Es erscheint mir daher nicht klug, an einen Verkauf zu denken. Ich begreife, dass deine Mutter nichts davon gesagt hat.«

»Wusste die Mutter das?«, fragte David.

»Natürlich, wie hätte ich es sonst wissen können?«, antwortete Leah.

»Sie hat nichts erzählt. Und ich habe immer gedacht, dass sie das Haus aus Respekt, weil es einen emotionellen Wert besitzt, etc. nicht verkaufen wollte. Nun stellt sich heraus, dass eine simple Rechenaufgabe der Grund dafür war.« David war kurz angebunden und gereizt, er fühlte sich zum Narren gehalten, noch dazu von seiner eigenen Mutter.

»Du ziehst den falschen Schluss. Dass deine Mutter das Haus nicht verkaufen wollte, hat nichts mit Geld zu tun. Als deine Großeltern verstarben, haben wir beschlossen das Haus zu behalten. Solange jemand von der Familie in Argentinien bleibt, sollte auch das Haus bleiben. Bei der Erbschaftsabwicklung ist aber ein Problem aufgetaucht. Kurz gesagt: das Haus ist durch Unwissenheit oder Nachlässigkeit noch immer auf den Namen deines Großvaters eingetragen. Das bedeutet, dass wir, wenn wir das Haus zu unserem Eigentum machen wollen, fünf Übergabeprozeduren vornehmen müssen. Zwei für mich und drei für dich. Das kostet, wie du weißt, viel Geld. Dazu kommt noch, dass auch mein Onkel und dessen Kinder berücksichtigt werden müssen, was das Ganze noch verkompliziert. Großvaters Bruder lebt nicht mehr und seine Kinder wohnen weit weg. Kurzum, das Haus wird nicht verkauft.«

»Wie ist das möglich?«, Rachel wandte sich an Leah und David. »Hat niemand etwas gemerkt, etwas gesagt in all den Jahren? Sind die Beamten im Gemeindehaus nicht dahinter gekommen, dass etwas nicht stimmt?«

»Im Dorf ist alles möglich«, sagte er, »das ist nicht das Problem. Was ich nicht verstehe, ist, dass Mutter mir nichts davon erzählt hat. Hat sie nicht daran gedacht, dass ich, im Falle dass ihr etwas passieren sollte, in der Patsche sitzen würde, ohne etwas zu wissen?«

»Sie hat sicher gedacht, dass du in diesem Fall mit mir Kontakt aufnehmen würdest.«

»Genau.« David versuchte sich zu beherrschen, aber es gelang ihm nicht ganz. »Genau. Richtig. Ihr beide bestimmt, beschließt, macht ein abgekartetes Spiel, als ob es außer euch niemanden gäbe. Ihr beide vereinbart, regelt, entscheidet, ohne euch um die anderen zu kümmern. Und ich Idiot zerbreche mir seit ihrem Tod den Kopf, was mit dem Haus geschehen soll. Solange noch jemand von der Familie in Argentinien lebt, soll das Haus bleiben, dank euch allein! Inzwischen war und bin ich derjenige, der hier ist. Seid ihr nicht auf die Idee gekommen, mich zu fragen? Oder mich zumindest über diesen historischen Beschluss zu informieren?« Er stand auf und ging auf den Balkon. Rachel zog es vor zu schweigen, sie räumte den Tisch ab und trug das Geschirr in die Küche. Leah blieb sitzen und blickte auf Davids Rücken. Ihr beiden, ihr beiden, klangen Davids Worte in ihrem Kopf.

Alte Wunde, dachte sie, Chawah, Chawah, mit diesem König haben wir etwas falsch gemacht, aber darüber haben wir so viel gesprochen, nicht wahr? Wie soll man etwas erklären, was selbst für uns schwer in Worte zu fassen war? Wie hätten wir den anderen erzählen sollen, was sogar uns überraschte, diese besonders innige Verbindung, Zusammengehörigkeit, Einheit, die auf zwei verteilt war?

Rachel schenkte frischen Kaffee nach und verschwand wieder in der Küche. David setzte sich an den Tisch.

»Du, ich bin mir sicher, dass deine Mutter ihre Gründe hatte …«

»Ja, ja«, unterbrach sie David, »jetzt wirst du sie in Schutz nehmen, nicht wahr? Sie verteidigen, oder vielleicht nicht?«

»Sie ist meine Schwester.«

»Das kenne ich. Das habe ich bereits früher gehört.«

»David, was willst du von mir?«

»Das weiß ich eigentlich nicht. Ich bin es leid, immer dasselbe zu hören. Jahrelang habe ich mitgemacht, wie sie deine Partei ergriffen hat. Niemals hatte Leah etwas falsch gemacht, immer war ein guter Grund für Leahs Tun und Lassen vorhanden. Immer trat sie für dich ein und jetzt sitzt du da und tust dasselbe. Nun, vielleicht weiß ich schon, was ich von dir möchte.«

»Was?«

»Vielleicht möchte ich, dass du einfach sagst: ›David, du hast recht, deine Mutter hat sich geirrt.‹ Ohne Einwände, ohne nach einem plausiblen Grund zu suchen, einfach sagen, dass sie nicht richtig gehandelt hat. Ja, das würde ich mir von dir wünschen.« Er sah Leah in die Augen.

»Nun, ich finde, sie hätte dich informieren müssen und begreife nicht, warum sie …«

»Siehst du? Siehst du? Du kannst es einfach nicht. Es ist nicht zu glauben. Du bist genauso wie sie. Auch sie brachte keine Kritik über die Lippen. Trotz allem Schmerz und Kummer. Ich nehme an, dass du darüber alles weißt, oder nicht?«

»Worüber?«

»Über den Schmerz und den Kummer, die dein Fortgehen ausgelöst hat.«

»Ja«, sagte Leah, »ich weiß davon.« Sie sah David an und er bemerkte in ihren Augen die Hoffnungslosigkeit, die er auch von Chawah kannte.

»Möchtet ihr ein Eis? Ich habe Vanille, Mokka und Zitrone«, Rachel sprach von der Küchentüre. David nickte und Leah sagte:

»Ein wenig Vanille, gerne.«

Sie aßen schweigend das Eis, Leah räumte die Eisschalen ab und brachte sie in die Küche. Aufschub. Als sie ins Zimmer zurückkam, waren David und Rachel dabei, die Pläne für den nächsten Tag zu besprechen.

»Ich habe David gesagt, dass ich zu Hause bleiben werde. Ich muss eine Arbeit vorbereiten«, sagte Rachel.

»Und ich wollte mit dir, Leah, über die Reise sprechen. Wenn es geht, möchte ich die Mittagshitze vermeiden. Wir könnten morgens gegen acht Uhr wegfahren, dann sind wir ungefähr um zehn Uhr dort. Wenn du möchtest, könnten wir aber auch am späten Nachmittag reisen, so um sechs.« Er sprach ruhig und sah Leah zärtlich in die Augen. Der liebevolle Sohn.

»Hast du vor, dort zu bleiben?«, fragte Leah.

»Ja, ich möchte Sonntag auf den Friedhof und danach fahre ich zurück. Stört es dich, wenn ich bleibe?«

»Natürlich nicht. Im Gegenteil, ich freue mich, wenn du bleibst.« Sie wollte nicht daran denken, an ihre Rückkehr, an das Eintreten in das unbewohnte Haus, an die Leere, die voller Erinnerungen war. Bisher wollte sie nicht daran denken, sie begriff aber, dass Davids Anwesenheit als Puffer wirken konnte, und das brauchte sie, etwas, das die Konfrontation abschwächte.

»Wenn es dir passt, fahre ich lieber am Morgen«, sagte sie.

»Abgemacht.«

5. Unterwegs

Samstagmorgen. Sie fuhren ins Dorf. Leah trug eine Sonnenbrille. Vorläufig wollte sie Zuschauerin sein. Die Wirklichkeit betrachten, während sie der Wirklichkeit ihren Blick, ihre Gemütsverfassung vorenthalten konnte. Sie hatte die Rückenlehne ihres Sitzes ein paar Stufen verstellt, sodass sie, nach hinten gelehnt, ihren Körper entspannen konnte. Ein wenig ausruhen, um das Defizit der vergangenen Nacht wettzumachen.

Davids Worte hatten, zu einem Satz gereiht, ihr Schlafzimmer bezwungen. Es schien, als ob sie sich schlängelnd durch den Raum bewegten, von einer Seite des Zimmers zur anderen. Der Satz schlug reihum gegen die Wände, die Decke, den Boden und klang wie ein nicht enden wollendes Tamtam. Leah war aufgestanden und hatte das Fenster, das sich zur Nacht hin richtete, geöffnet. Es half nichts, die Worte vermochten diese Aufforderung zu verschwinden abzuwehren. »... über den Schmerz und den Kummer, die dein Fortgehen ausgelöst hat, ... über den Schmerz und den Kummer, die dein Fortgehen ausgelöst hat ...« Tamtam, Tamtam. Mal probieren, die Worte aus dem Satz zu brechen, sie auseinander zu nehmen, hatte Leah gedacht, um nötigenfalls einen neuen Satz zusammenzustellen. Vergebens, der Satz war ein Wort geworden, ein Ganzes, ein Zeichen und ließ sich nicht sezieren.

Dann mal den Versuch wagen, in den kleinen Zwischenraum, der ein Tamtam vom anderen trennte, einen anderen Satz hinein klingen zu lassen, andere Worte hineinzufügen, hatte Leah als letzte Strategie ausgedacht.

Es gelang. Andere Klänge traten in den Raum. Langsam wie ein Echo, das müde von einer langen Reise nach seinem Ziel lechzt, suchten sie die Zwischenräume zwischen den Tamtams, pressten sich dann in den gefundenen Raum und setzten zu ihrer Metamorphose an. Aus den Klängen wurden Worte, aus den Worten Sätze, aus den Sätzen Fragen: »Adam, aiécka, wo bist du?«, »Kaïn aié Héwel, wo ist Abel?«

Gelassen lauschte Leah den uralten Fragen, die von so weiter Ferne auf sie zugekommen waren. Fragen sind aber nicht bloß Sätze, die eine Botschaft tragen, Fragen enthalten zugleich eine Forderung. Sie zwingen zur Antwort, sie fordern eine Reaktion, eine Handlung, eine Tat. So auch diese uralten Fragen, die Leah vom Schlafen abhielten.

Mühsam verließ sie das Bett, schaltete das Licht ein, schloss das Fenster, um Mückenbesuch zu verhindern, holte das blaue Heft aus ihrem Koffer und setzte sich an den Schreibtisch.

Santa Fé, Argentinien. Eine Begegnung in Davids Wohnung. »Adam aiécka?«, »Kaïn, aié Héwel?« Die Worte des biblischen Erzählers halten mich wach. Die rhetorischen Fragen fordern meine Müdigkeit heraus und werfen neue Fragen auf. Eigentlich sind es nicht so sehr Fragen, es ist eher der Kontext, in dem sie gestellt werden, der mich verwirrt. Warum stellte der Allmächtige solche Fragen? Er wusste doch, wo Adam war, wo Abel war, was sich ereignet hatte. Und der Erzähler, was hatte sich in seinem Kopf abgespielt, als er das schrieb? Welche Gründe hatte er für seine Wortkargheit? Eine Sparsamkeit, die sich durch das Fehlen von Details und durch die Stille und die Hiatus, die sich an den Leser richten, bemerkbar macht. Als ob der Erzähler annahm, dass der Leser ein Vorstellungsvermögen, eine Erfahrung, eine Kenntnis besitzt, die Leere auszufüllen, zu interpretieren. Und der Leser interpretierte. Jahrhundertelang. Immer wieder versuchte der Leser, das Mysterium von den Lücken zu befreien. Die Sehnsucht reizte das Verlangen, das, was nicht beschrieben ist, zu enthüllen. Nicht umsonst wusste sich der Leser, dem biblischen Erzähler gleich, mit einem gottgleichen Können, Dürfen und Müssen ausgestattet. Er konnte, durfte und sollte das Verborgene entdecken.

Die rhetorischen Fragen waren ein Ruf. Ein Aufruf zur Verantwortung, nicht nur dazu bestimmt, dass Adam und Kain deskriptive Antworten auf die Fragen geben sollten, im Sinne von: hier bin ich, da liegt Abel, sondern ein Ruf, um Rechenschaft für ihre Handlungen, ihr Sein zu geben. Die rhetorischen Fragen waren ein Ruf, der sowohl Adam als auch Kain mit dem Augenblick der Entscheidung konfrontierte. Die In-die-Welt-Geworfenheit, das In-der-Welt-sein musste ernst genommen werden. Die Möglichkeit zur Entscheidung, die den Menschen als den zum Handeln Aufgerufenen macht, musste umgesetzt werden. Die Fragen fordern ein Handeln. Am Anfang war das Wort. Auch diese Nacht hat mit Worten begonnen. Davids Worte »… über den Schmerz und den Kummer, die dein Fortgehen ausgelöst hat …« flehen um Antwort, rufen zum Handeln auf, schreien nach einer Entscheidung. Ich werde etwas tun müssen. Das Wort ist bereits ausgesprochen, die Zeit des Handelns ist da.

Sie waren unterwegs. Sie hatten Santa Fé, die Hauptstadt der gleichnamigen Provinz, verlassen und fuhren in nordwestliche Richtung. Die Entfernung von beinahe sechshundert Kilometern zwischen Buenos Aires und Santa Fé hatte Leah mit dem Flugzeug überwunden, jetzt blieben noch hundertachtzig Kilometer bis zum Dorf. David saß entspannt am Steuer. Er hatte eine Kassette mit argentinischer Volksmusik eingelegt. Eine Gewohnheit, ein Ritual, das er von Chawah übernommen hatte: Wenn sie ins Dorf fuhren, hörten sie Folkloremusik. Die heisere Stimme Horacio Guaranys erzählte von verlorenen Lieben, gestrandeten Freundschaften, zerbrochenen Idealen. Nostalgie und Heimweh zum Quadrat. Leah war David für sein Taktgefühl dankbar, er sprach nicht, er fragte nichts. Sie wandte ihm den Blick zu, auch er trug eine Sonnenbrille. Vier schwarze Flächen, die einander ansahen. Davids Lippen kräuselten sich zu einem Lächeln, Leah antwortete mit einem Nicken.

Februar in Argentinien. Ein überwältigender Sommer. Die Landschaft erstreckte sich bis an den Horizont. Wiesen, Wiesen und Wiesen, auf denen das Vieh träge weidete, ohne sich um den Verkehr zu kümmern. Die Rinder waren auf dem Feld, um zu grasen, zu wachsen, damit man es schlachten und dem argentinischen Volk auftischen konnte. Dafür musste das Vieh auf dem Feld sein und das Vieh machte, was es zu tun hatte: Es weidete, es wuchs, es pflanzte sich fort. Ungestört. Unablässig.

Die Straße dient dazu, Orte miteinander zu verbinden. Sie dient dazu, dass Fahrzeuge sich von einem Ort zum anderen bewegen können. Das heutige Ziel war das Dorf. Das Dorf, das zwar nicht auf der Landkarte eingezeichnet war, das sich aber auf der Strecke befand. Eine Strecke, die einige Orte miteinander verband. Orte, deren Namen Leah kannte, und die sich jetzt beschleunigt ihrem Blick aufdrängten. Esperanza und Torino lagen schon hinter ihnen. Die Silhouette von Rafaela kam näher, Sunchales, Talcural und Palacios sollten folgen. Die Reihenfolge der Orte war unverändert. Das Auto verringerte die Geschwindigkeit. Sie waren nun im Ortsgebiet von Rafaela. Leah wusste, dass sie die ganze Stadt durchqueren würden, dass sie die breite Avenida entlang fahren mussten, bis sie die große Kreuzung erreichten. Dann würden sie nach rechts abbiegen, auf die Ruta 34, die bis ins Dorf führte. Ganz einfach. Sich zu verfahren, war ausgeschlossen.

Sie beobachtete die aufkommende Hektik eines Samstagmorgen. Geschäfte wurden geöffnet, Reklametafeln auf das Trottoir gestellt, da waren ungeduldige Käufer, die vor einer noch verschlossenen Türe standen, Passanten, die die Terrassen der Straßencafés nach ihrem Schattenpotential auswählten.

»Möchtest du aussteigen und dir die Plakette ansehen?«, fragte David. Das Auto hielt an der roten Ampel bei der großen Kreuzung an.

»Heute nicht. Danke«, sagte Leah. Die Ampel schaltete auf grün und David bog nach rechts ab.

Die Gedenktafel musste hier irgendwo stehen. Genauer gesagt: Fünfzig Meter von der Kreuzung in nördlicher Richtung, auf einer kleinen Marmorsäule, unter einem Jacarandabaum, hatte Chawah erzählt. »Eigentlich weiß ich nicht, wer der Initiator war, wer den Mitgliedern der Gemeindeverwaltung den Vorschlag gemacht hatte, aber eines Tages erhielt ich die Ankündigung und zugleich die Einladung, um der Enthüllung beizuwohnen«, hatte Chawah geschrieben. »Die Gemeinde Rafaela hatte beschlossen am Ort des Unglücks eine Gedenktafel anzubringen und hatte großen Wert auf die Anwesenheit der Angehörigen gelegt. Obwohl der Gemeinderat es nicht für nötig befunden hatte, den Angehörigen den Text zur Genehmigung vorzulegen, hatte er ihn der Einladung beigelegt.«

Die Gemeinde Rafaela ehrt das Andenken an
Bernardo und Sarah Braunstein
Bürger von Las Palmeras
4. Januar 1987

Eine kurze und doch umfassende Information für Insider hatte Leah beim Lesen von Chawahs Brief gedacht. Es war klar, dass Bernardo und Sarah zusammengehörten, schließlich trugen sie denselben Namen. Auch konnte man lesen, dass sie in Las Palmeras wohnten und dass die Stadt Rafaela sie ehren wollte. Nicht erwähnt wurde die Art ihrer Verbindung, der Grund für diese Ehrenbezeugung und die Bedeutung des angeführten Datums. Der Gemeinderat nahm an, dass die Einwohner über den Vorfall Bescheid wussten und dass sie Fremde, aber auch kommende Generationen über den Hintergrund dieser Tafel in Kenntnis setzen würden. Andernfalls gab es immer noch das Gemeindearchiv, in dem all die Informationen in Form von Polizeiberichten, Zeitungsausschnitten und Chroniken für jedermann verfügbar waren.

Chawah hatte Leah das ganze Material geschickt. Die beiden Lokalzeitungen hatten ausführlich von dem Unfall berichtet und große Fotos gebracht, auf denen das Ausmaß des Unglücks in seinem ganzen Umfang abgebildet war.

»Am Sonntag, 4. Januar 1987, um sechs Uhr abends, ereignete sich ein Unfall mit tödlichem Ausgang. Herr Bernardo Braunstein bog, aus Santa Fé kommend, in die Ruta 34 ein. Er war mit seiner Frau zum gemeinsamen Wohnort Las Palmeras unterwegs. Mitten auf der Kreuzung wurde das Auto vom Anhänger eines Lastwagens gerammt, der aus der Gegenrichtung kommend, im gleichen Moment die Kreuzung passierte. Durch den Zusammenprall gerieten beide Fahrzeuge aus der Balance. Wie die Bremsspuren auf der Fahrbahn ergaben, hatten sowohl Herr Braunstein als auch der Lastwagenlenker versucht, ihren Wagen zum Stehen zu bringen. Doch vergebens. Der mit Rindern beladene Anhänger löste sich und kippte auf den Personenwagen. Herr und Frau Braunstein waren auf der Stelle tot. Der Lastwagenlenker und das Vieh blieben unversehrt.«

Nahezu alle Berichterstatter begannen ihren Artikel mit dieser kurzen Darstellung des Geschehens und ergingen sich in der Folge in ausgedehnten Spekulationen. Mit Nachdruck wurde die Frage behandelt, wer als Schuldiger angesehen werden konnte und mehrmals wurde in diesem Zusammenhang die örtliche Polizeiführung auf ihre Verantwortung hingewiesen. Schon seit langem hatten die Einwohner den Wunsch nach einer Ampel an dieser Kreuzung geäußert, und das Unglück hatte ihnen Recht gegeben.

Kurz nach dem Unfall wurde eine Ampel installiert.

Kurz nach dem Unfall stattete Carlo Reinaldi, der Direktor der Reinaldi GmbH, Chawah einen Besuch ab.

Die Reinaldi GmbH, ein Fleisch verarbeitender Betrieb, war damals bereits eines der bedeutendsten Unternehmen von Rafaela. Die von Giuseppe Reinaldi, Carlos Vater, in den vierziger Jahren in einem verlassenen Lagerhaus eingerichtete Firma hatte sich im Laufe der Jahre zu einem riesigen Konzern entwickelt. Neben einer Viehzucht und einem Schlachthof verfügte er über die entsprechende Technologie, um das Fleisch in eine Vielfalt von Würsten, in Corned Beef und Fertig-Mahlzeiten zu verwandeln. Zudem war Giuseppe Reinaldi davon überzeugt, dass der Erfolg seines Betriebs vom Wohle seiner Arbeiter abhing, und so ließ er in dessen unmittelbarer Nähe eine Siedlung für seine Arbeiter errichten, die seinen Namen trug. Die Reinaldi GmbH wurde nicht nur in Rafaela zu einem Begriff, sondern auch in der weiteren Umgebung. Die ganze Region, die vorwiegend von der Viehzucht lebte, hatte mit der Reinaldi GmbH zu tun: erstens, weil die Bevölkerung die Erzeugnisse konsumierte und zweitens, weil sie in nicht geringem Maße ihr Vieh an den Konzern verkaufte. So auch Bernardo Braunstein.

Carlo Reinaldis Besuch bei Chawah war ein Gebot der Freundschaft und der Pflicht. Er kannte Bernardo Braunstein nicht nur wegen ihrer geschäftlichen Beziehungen, sondern auch durch ihr politisches Engagement. Beide waren aktive Mitglieder des Partido Demócrata Progresista und in dieser Eigenschaft trafen sie einander bei Kongressen und Versammlungen, und gemeinsam organisierten sie Wahlkampagnen. Neben den geschäftlichen und politischen Interessen verband sie auch ein ähnliches Schicksal. Beide waren Söhne von Emigranten. Bernardos Vater, Meir, war am Ende des neunzehnten Jahrhunderts vor der Armut und den Pogromen aus Russland geflüchtet. Carlos Vater, Giuseppe Reinaldi, hatte zu Beginn des zwanzigsten Jahrhunderts die Armut seiner Heimat Italien hinter sich gelassen. Sowohl Bernardo als auch Giuseppe waren stolz auf das, was sie in der neuen Heimat Argentinien erreicht hatten – ein besseres Leben für sich und ihre Kinder. Handel, Politik und Schicksalsverwandtschaft – darauf gründete ihre freundschaftliche Beziehung und die Freundschaft war einer der Gründe für den Besuch.

Der andere Grund war Pflichtbewusstsein.

Das Vieh, der Lastwagen mit Anhänger und der Chauffeur, die in den Unfall verwickelt waren, gehörten zur Reinaldi GmbH. (Die Tiere, die bei dem Unfall unversehrt geblieben waren, wurden nach Plan in den Schlachthof transportiert.) Sobald Carlo von dem Unglück erfahren hatte, wusste er, was er zu tun hatte. Er wohnte dem Begräbnis bei, hielt die siebentägige Trauer ein und stattete Chawah neun Tage nach dem Unfall einen Besuch ab.

Was nicht im Rahmen seiner Möglichkeiten stand, wusste er auch. Er konnte das Geschehene nicht ungeschehen machen, er konnte die Zeit nicht zurückdrehen oder den Lauf der Ereignisse verändern. Wohl konnte er etwas für Bernardos Töchter tun und darum kam er, um Chawah seine Entscheidung mitzuteilen. Chawah könnte immer mit seinem Beistand rechnen und natürlich würde er bei der Untersuchung des Unfalls alles in seiner Macht Stehende tun; er würde das Resultat der Untersuchung respektieren und dementsprechend handeln. Das war selbstverständlich. Gleichzeitig fand er es auch selbstverständlich, dass er von sich aus, aus Pflichtbewusstsein gegenüber seinem Freund, eine Geste setzen musste. Er hatte beschlossen, Chawah und Leah einen bestimmten Geldbetrag zu geben und wollte den Namen des Instituts oder der Bank wissen, wohin er das Geld überweisen sollte. Chawahs Einwände halfen nicht viel, Carlos Entscheidung hatte weniger mit Chawah und Leah zu tun als mit seinem Freund, und die Entscheidung stand fest. Und so geschah es auch. Chawah und Leah bekamen eine hübsche Summe auf ihr Bankkonto. Leah kaufte sich davon die Wohnung in Rotterdam.

Sie waren unterwegs und hatten Rafaela hinter sich gelassen. Leah dachte an den Text der Gedenkplakette und ihr wurde klar, dass Carlo Reinaldi vermutlich hinter der Idee gestanden war. Die Botschaft war unmissverständlich, da sie das Wichtigste erwähnte, nämlich dass Sarah und Bernardo Braunstein tot waren und eine Ehrung verdienten. Es war nicht von Bedeutung, wie sie gestorben, sondern dass sie gestorben waren. Von Bedeutung war, was sie waren und wohin sie gehörten: Sie waren Bürger von Las

Palmeras gewesen. Die Namen, die Erwähnung dessen, was sie waren und der Ort gaben ihre Lebensgeschichte wieder. Das Datum war eine notwendige Nebensächlichkeit. Es verwies zwar auf den Tag des Unglücks, das Unglück war aber der Anlass und nicht die Ursache für die Ehrenbezeugung. Es war ein notwendiger Anhaltspunkt, um Sarah und Bernardo in die Zeitspanne, die wir Geschichte nennen, einzubetten. Die Zeitspanne. Leah wurde bewusst, welche Rolle der Tod in den letzten Jahrzehnten gespielt hatte. Vor ihrem fünfzigsten Geburtstag war sie Waise geworden und vor ihrem sechzigsten hatte sie ihre Zwillingsschwester verloren.

»Hier ist das Dorf«, rief David und Leah blickte nach vorne.

6. Ankunft

Leah blickte nach vorne und dachte: Alle Kühe sind Kälber gewesen. Was für eine Binsenwahrheit!

Montagnachmittag. Sie lag auf dem Bett und dachte an diesen Ausdruck, der in ihren Ohren so merkwürdig klang. Bestimmte Fragen, Ereignisse, Erfahrungen, Gefühle bringen wir mit diesem Sprichwort in Verbindung. Damit meinen wir, dass die betreffende Frage oder Erfahrung, das betreffende Ereignis oder Gefühl einleuchtend evident, selbstverständlich ist.

Warum aber Kühe?, fragte sich Leah. Ist eine Kuh so evident, so selbstverständlich? Für den Vater, dessen Bezugsrahmen und Weltordnung stark von Kühen bestimmt wurden, waren sie sicher selbstverständlich, dachte sie. Das Vieh. Die Kühe, für die er sorgte, nach denen er beinahe jeden Tag sah, um sie im Falle einer Krankheit zu behandeln. Er war Viehzüchter und für einen Viehzüchter sind Kühe selbstverständlich.

War es damals auch selbstverständlich?, fragte sich Leah. Damals, im letzten Augenblick, als er das Vieh im Wagen auf sich zukommen sah, hat er es damals auch selbstverständlich gefunden? Und was hatte sich im letzten Augenblick abgespielt? Die Inszenierung des letzten Augenblicks hatte Leah Jahre beschäftigt. Hatte ihr Vater etwas gesagt? Und die Mutter? Wahrscheinlich hatte die Mutter »Bernardo, Vorsicht!« gerufen und wahrscheinlich hatte der Vater nichts gesagt, bloß geschaut. Sicher, der Vater hatte die Mutter mit jenem Ausdruck angesehen, den Leah kannte. Ein Ausdruck von Ohnmacht und Ergebenheit, ein Ausdruck von: Ich kann nichts tun, es soll so sein. Der Ausdruck, der auf seinem Gesicht stand, als Leah ihren Beschluss verkündete.

»Vater, ich gehe weg, ich wandere nach Israel aus«, hatte sie gesagt und der Vater hatte geschwiegen und geschaut. Und die Mutter hatte geschwiegen. Und Chawah hatte geschwiegen, sie hatte das Zimmer verlassen und sich wieder ihrem Studium zugewandt. Ja, im letzten Augenblick hatte der Vater nichts gesagt, er hatte mit diesem ohnmächtigen Ausdruck im Gesicht die Mutter angesehen.

Alle Kühe sind Kälber gewesen. Für den Vater war eine Kuh evident, selbstverständlich. In Vaters Sprache lautete die Weisheit jedoch anders. Für etwas, was evident, was selbstverständlich ist, sagte man in Argentinien: Das ist eine Wahrheit wie ein Haus. Das klingt anders. Ein Haus kann ich mir besser vorstellen, dachte Leah, ein Haus steht an einem Ort, bietet Unterschlupf, Geborgenheit, ist vertraut, birgt Geheimnisse, ist Zeuge, schweigt. Eine Kuh wird unwiderruflich geschlachtet.

Wie war es mit dem Vater und einem Haus? Leah spann den Gedanken fort: War für den Vater ein Haus auch so selbstverständlich wie eine Kuh? Irgendwie schon, dachte sie. Für den Vater war ein Haus die grundlegende Voraussetzung für seine Existenz. Das Haus verkörperte für den Vater die Bestätigung und Anerkennung seines eigenen Seins. Er war das Haus und das Haus verkörperte ihn. Das Haus war für den Vater der Ort, sein Ort. Er hatte das Haus seiner Eltern, das auf dem Feld gestanden war, abreißen und aus den Steinen das Haus im Dorf bauen lassen. Der

Immigrantensohn hatte dem Nomadenleben abgeschworen. Für den Vater war die Notwendigkeit eines Hauses evident und selbstverständlich.

Leah blickte vor sich hin und dachte: Alle Kühe sind Kälber gewesen. Es ist sonderbar, dass Angelegenheiten, die wir mit »Alle Kühe sind Kälber gewesen« assoziieren, und die als solche bekannt, augenfällig, sonnenklar für uns sind, uns doch überraschen und in Erstaunen versetzen. Zum Beispiel, dass Erinnerungen ein statisches Bild festhalten. Ein Bild, das sich meinem eigenen Wachstumsprozess nicht angepasst hat, sondern den Blick meiner früheren Jahre wiederspiegelt. Ich wusste, dass es so funktionierte. Dass das Haus kleiner erscheinen würde, die Möbel weniger aufdringlich, die Bäume im Patio niedriger und der Sternenhimmel viel näher sein sollte, als ich dachte. So funktioniert es und das wissen wir, und doch überrascht es mich, wie diese Wirklichkeit sich zeigt, so bekannt und doch so anders.

Hier liege ich auf meinem Bett, daneben steht Chawahs Bett, in unserem Zimmer, in unserem Haus, das, wie David bemerkt hatte, »unverändert geblieben ist, dafür hat die Mutter gesorgt«. Ich bin in meinem Zimmer, im Schrank hängen meine Kleider, auf dem Nachttisch liegen meine Lesebrille und ein Buch, auf dem Brett am Kopfende, das die beiden Betten miteinander verbindet, stehen meine Sachen und auf Vaters Schreibtisch liegen meine Hefte. Das habe ich als erstes getan, meine Details dem Raum hinzugefügt. Meine Art mir den Raum anzueignen und die Wechselseitigkeit stattfinden zu lassen. Eine Wechselseitigkeit der Anpassung: Dadurch, dass meine Sachen einen Platz im Raum einnehmen, verändert sich der Raum und kommt auf mich zu. Gleichzeitig werde ich durch den Raum gewissermaßen empfangen, verändere mich und beginne zum Raum zu gehören. So hat es immer funktioniert, bei allen Irrfahrten und Übersiedlungen funktionierte es so, es ist eine Frage der Zeit, und die Vertrautheit, die dank dieser Gegenseitigkeit entsteht, wird das Gefühl der Entfremdung verjagen.

Es ist eine Frage der Zeit, dachte Leah, aber doch …

Montagnachmittag. Siesta. Stille. Das Dorf schlief, betäubt vom gnadenlosen Licht und den warmen Sonnenstrahlen. Die Zimmer waren in Dämmerlicht gehüllt. Ramona hatte alle Fensterläden geschlossen und Leah mehrmals gewarnt: »Du musst sie möglichst lange zu lassen, bis zum Abend, bis zum Sonnenuntergang, sonst bist du verloren. Wenn du sie zu früh öffnest, wird es drinnen so heiß, dass du nachts nicht schlafen kannst.« Leah hatte genickt und geschwiegen. Sie hätte so gerne zu Ramona gesprochen, ihr erzählt, ihr erklärt, dass die Hitze sie nicht störte. Sie hätte zu Ramona sagen wollen, dass diese einzige Sommerhitze nicht die dreißig holländischen Winter wettmachen konnte. Dass das unbewohnte Haus voller Erinnerungen sich kalt anfühlte und dass sie die Wärme hereinlassen wollte. Sie hätte so gerne Ramona von dieser neuen Empfindung erzählt, für die sie keinen Rat wusste, von dem Gefühl des Unbehagens, das mit ihrem Körper zu tun hatte. Sie hätte gerne zu Ramona gesagt: »Ramona, es ist so sonderbar, mit meinem Körper stimmt etwas nicht, er ist alt, abgenutzt und ich bin hier, zu Hause, jung wie damals …« Das hätte sie Ramona erzählen wollen, doch sie schwieg und sah zu, wie Ramona alle Fensterläden schloss. Leah ließ alle Läden zu. Sie wusste, Ramona würde später, gegen Abend, kommen, um sie zu öffnen. Das hatte Ramona Samstagabend getan. Auch Sonntagabend. Das hatte sie jeden Sommer getan. Ramona und das Haus waren geblieben und Leah dachte, dass Ramona sich auch später, wenn sie das Haus abgetreten hatten, weiter um das Haus kümmern würde.

Ramona und das Haus waren geblieben. Samstagmorgen um halb elf war David von der Ruta 34 nach links abgebogen und ins Dorf hineingefahren. Nach zweihundert Metern hatte David die Zufahrt genommen, die von der Straße nach rechts abzweigte und bis zum Patio führte. Dort hatte er angehalten und den Motor abgestellt. Sie waren angekommen.

Vor dem Haus wartete Ramona. Leah stieg aus und lief ihr entgegen. Sie umarmten und küssten einander ohne Worte, danach ging Ramona auf David zu. Leah blieb stehen und betrachtete das Haus, hinter ihr standen Ramona und David und blickten sie an. Leah drehte sich um und sah die zwei, die sie abwartend und lächelnd beobachteten. Sie nickten ermunternd, als wollten sie sagen: »Geh schon, es beißt nicht.« Leah wusste, dass es beißen würde und doch betrat sie das Haus. Ramona und David folgten ihr, wie zwei Brautjungfern, welche die Braut zum Altar geleiteten. Die Anordnung und die Funktion der Zimmer waren gleich geblieben. Wohl hatten hier und dort kleine Veränderungen stattgefunden, das wusste Leah, davon hatten die Mutter und Chawah berichtet. Leah ging durch das ganze Haus und versuchte die verschiedenen Räume neu zu entdecken. Es war nicht so leicht, es schien, als würden sie sich ihrer Wahrnehmung entziehen, als wehrten sie sich, als wollten sie sich nicht von Leahs Blick einfangen lassen. Es war weniger eine Frage von Feindseligkeit, als von Zurückhaltung und Leah begriff, dass es mit dem abwesenden Bindeglied zu tun hatte. Das Glied, die Verbindung fehlte, Vater, Mutter und Chawah waren nicht hier. Ihre fühlbare Abwesenheit beklemmte sie, sie schnappte nach Luft und suchte nach einem Gedanken, um die Beklemmung zu überwinden.

Ithaka. Nach zwanzig Jahren des Umherirrens und der Prüfungen kam Odysseus in Ithaka an. Unerkannt betrat er den Palast, wo er einst als König regiert hatte. Odysseus' Unerkannt-Sein war beabsichtigt und frei gewählt. Die Verkleidung als Bettler, hinter der er sich versteckte, war ein Mittel, um den letzten Kampf zu gewinnen, um die Rache an den Freiern zu vollstrecken. Man hoffte und sehnte sich jedoch nach seiner Rückkehr. Penelope war ihm in ihrer Trauer treu geblieben. Bei Kerzenschein hatte sie den Stoff, den sie am Tage webte, heimlich wieder aufgetrennt. Ohnmächtig erlebte der junge Telemachos, wie die Freier seine Mutter belagerten und schamlos den Besitz seines Vaters plünderten. Verzweifelt reiste er zu Nestor nach Pylos und Menelaos nach Sparta, auf der Suche nach seinem Vater. In tiefem Schmerz hatte sich Laërtes auf sein Landgut zurückgezogen und weinte um seinen verlorenen Sohn. Ja, sogar nach zwanzigjähriger Abwesenheit wartete man mit Sehnsucht auf seine Rückkehr und nachdem die Freier bezwungen waren und Odysseus seine wahre Identität enthüllt hatte, wurde er mit Freudentränen willkommen geheißen. Odysseus, so die Überlieferung, der schwer geprüfte edle Held, lebte noch viele glückliche Jahre als König von Ithaka, bis ihn im hohen Alter ein sanfter Tod in die Unterwelt führte.

Leah ging durch die Zimmer. Durch das große Wohnzimmer mit dem Esstisch und der Sitzecke. Vier Türen führten in benachbarte Räume: in zwei Schlafzimmer, in eine längliche Diele, die sich bis zur Frontwand erstreckte und bei der Eingangstüre endete, und ins Arbeitszimmer des Vaters. Leah öffnete die Türe des Schlafraumes, der für Gäste benutzt wurde, drehte eine Runde und verließ ihn wieder. Danach betrat sie ihr Schlafzimmer und ging zur Türe, die ihr Schlafzimmer mit dem Arbeitszimmer ihres

Vaters verband. Sie öffnete die Türe, blickte auf den aufgeräumten Schreibtisch und dachte an das Durcheinander von Papier, Rechnungen und Notizblöcken, das sich in ihr Gedächtnis eingeprägt hatte. Das Arbeitszimmer hatte drei Türen, eine zum Schlafzimmer von Leah und Chawah, eine Türe ins Wohnzimmer und eine ins Badezimmer. In letzterem waren Fliesen und ein Teil der sanitären Einrichtungen erneuert. Durch die zweite Türe gelangte sie in die große Diele, deren Konturen von fünf Türen bestimmt wurden. Eine davon verband die Diele mit dem Bad, eine andere führte ins Wohnzimmer. Leah stand in der Öffnung jener Türe, die ins Schlafzimmer ihrer Eltern führte und blickte hinein. An der Schwelle drehte sie sich wieder um und ging durch die vierte Türe in die Küche. Die fünfte führte zur Veranda und zum Patio. Leah war durch sieben Türen gegangen und hatte nichts berührt, nur geschaut.

In der Küche setzte sie sich an den Tisch und beobachtete Ramona, die an der Anrichte den Mate zubereitete. David war damit beschäftigt, die Sachen aus dem Auto zu holen, danach, so hatte er angekündigt, wollte er seine Freunde besuchen. Leah saß, schaute und hörte zu. Ramona redete unaufhörlich, als wollte sie die vorangegangene Stille übertönen. Sie erzählte und stellte gleichzeitig Fragen. Sie erzählte vom Dorf, von sich selbst, von Leahs Eltern, von Chawah und sie fragte und fragte. Sie wollte alles wissen, wie es in der Fremde war, was Leah machte, wie es Shaul ging, ob sie Fotos dabei hatte … Leahs Blicke folgten der kleinen Gestalt, die sich so natürlich im Raum bewegte und sie gab in kurzen Sätzen Antwort auf die gestellten Fragen.

Ramona war klein geblieben, bemerkte Leah, höchstens ein Meter fünfundfünfzig. Kurze Beine, ein gedrungener Körper, ein offenes Gesicht mit hervorstehenden Jochbeinen, einer ein wenig platten Nase, vollen Lippen und üppigen schwarzen Haaren, in denen kein Grau auszumachen war.

Sie färbt sich die Haare, dachte Leah und richtete ihren Blick auf die Arme, die über der Anrichte flatterten. Von Kindesbeinen an war Ramona bei ihnen gewesen. Seit der Volksschule, wo sie mit Chawah und Leah dieselbe Klasse besuchte, half sie ihrer Mutter beim Putzen des Hauses. In der Zeit, als Chawah und Leah ihren Wachstumsprozess an Mutters Fahrrad prüften, täglich ihre Größe anhand des Abstands zwischen Sattel und Pedalen kontrollierten, blickte Ramona mit scheelen Augen auf den Abstand zwischen ihren ausgestreckten Armen und dem Boden. Der Abstand war zu klein für die Wassereimer, die sie tragen musste. Dann, als Chawah und Leah auf dem Sattel sitzend die Pedale erreichten und die Mutter ihnen ihr Fahrrad schenkte, erbte Ramona von ihrer jung verstorbenen Mutter die Stelle als Putzfrau. Der Abstand zwischen ihren ausgestreckten Armen und dem Boden war noch immer zu klein, aber das störte Ramona nicht, und mit angewinkelten Ellenbogen schleppte sie die Eimer, die sie nur halb anfüllte, um kein Wasser zu verschütten.

Ramona war geblieben. Ein halbes Jahrhundert hatte sie ihren Platz in dem Haus behalten und nun saß sie Leah gegenüber und trank Mate. Sie lächelte.

»Was gibt's?«, fragte Leah.

»Wieso?«

»Die ganze Zeit schaust du mich an und lächelst«, sagte Leah, ihren Blick auf die schwarzen glänzenden Augen gerichtet.

»Du sprichst wie eine Gringa«, sagte Ramona und lachte aus vollem Halse.

Leah erschrak. Murmelnd wiederholte sie Ramonas Worte: »Du sprichst wie eine Gringa, wie eine Fremde, wie eine Außenstehende …« Das Wort verwies sie dorthin, wo sie hingehörte: nicht hierher. Die Sprache hatte sie verraten. Die Verkleidung konnte nicht verhindern, dass man sie erkannte. Obgleich sie Chawah sehr ähnlich sah und nun an Chawahs Platz war, war es nicht ihr Platz. Das verhinderte die Sprache. Eine Gringa, hier war sie eine Gringa. Leah blickte verlegen herum und wich den Augen der lachenden Ramona aus. Sie suchte nach einer Antwort, einem Satz, einem Klang, um etwas zu Ramona zu sagen.

»Die Sprache ist das Haus des Seins«, murmelte Leah.

»Was sagst du? Ich kann dich nicht verstehen«, protestierte Ramona und lachte dabei.

»Entschuldige, eigentlich habe ich nichts gesagt, es war bloß ein Satz, der mir in den Sinn gekommen ist. Wenn du nichts dagegen hast, werde ich jetzt meine Sachen einräumen.«

»Mach nur, ich kümmere mich um die Einkäufe und das Essen«, sagte Ramona und begann den Tisch abzuräumen. Leah stand auf und ging durch die Diele und das Wohnzimmer ins Schlafzimmer. Der Koffer lag auf ihrem Bett. David wusste, welches ihr Bett war. Leah öffnete den Koffer, holte die blauen und roten Hefte hervor und legte sie auf Chawahs Bett. Langsam packte sie den Koffer aus, hängte ihre Kleider in den Schrank, verstaute ihre Schuhe im Nachttisch, legte ein paar Sachen auf das Brett, brachte ihre Toilettenartikel ins Bad und hob den leeren Koffer auf den Schrank. Mit den Heften in der Hand und dem Satz in ihrem Kopf ging sie ins Arbeitszimmer des Vaters und setzte sich an den Schreibtisch.

Leah konnte sich nicht genau an den Tag erinnern, an dem sie mit den blauen Heften begonnen hatte. Es war lange her. Sie konnte sich wohl erinnern, und die ersten Notizen deuteten darauf hin, dass sie mit den Heften begonnen hatte, als ihr bewusst geworden war, dass sich ihr Leben zu einer Abfolge von Assoziationen und Erinnerungen gewandelt hatte oder zu wandeln begann. Sie hatte mit den blauen Heften begonnen, als sie bemerkte, dass die Ereignisse, Handlungen, Begegnungen, kurzum die Ereignisse in ihrem Leben Assoziationen und Erinnerungen aus der Vergangenheit heraufbeschworen. Sie hatte mit dem Schreiben begonnen, als sie bemerkte, dass ihre gelebten Erfahrungen ihre Ursprünglichkeit verloren hatten, weil sie Reminiszenzen von früheren Erfahrungen in sich trugen. Als in ihr das Gefühl aufkam, dass alles schon bekannt, gebraucht, angeeignet war und dass ihr Leben allmählich die Züge einer »ewigen Wiederkehr des Gleichen« annahm.

»Du musst verstehen«, sprach Leah zu sich, »es ist nicht so, dass alles auf die gleiche Weise wiederkehrt und dass dadurch die Verwunderung und das Unerwartete verschwunden sind. Nein, es geschehen neue Dinge, neue Begegnungen, aber das Geschehnis hat seine Ursprünglichkeit verloren, da jedes Ereignis auf etwas anderes verweist. Da jedes Ereignis schwanger ist von Anweisungen, Verweisen, Assoziationen mit einem Geschehen, das sich bereits vollzogen hat.«

Dass sie ihr Leben auf einmal so anders erlebte, musste etwas bedeuten, fand Leah und kaufte sich die blauen Hefte. Sie schrieb darin über die Assoziationen, die Erinnerungen, über Gedanken und Gespräche, die ihr helfen würden, den Zusammenhang, den Sinn, kurzum, das, was sich verbarg, herauszufinden. Auch begann sie mit dem Schreiben, weil ihr Gedächtnis sie im Stich ließ und sie im geschriebenen Wort ihr Gedächtnis wieder finden konnte.

Leah saß im Arbeitszimmer des Vaters, an seinem Schreibtisch, und blätterte in den blauen Heften. Sie suchte die Passagen über die Sprache.

Das Alter. Die Sprache. Die neue Wahrnehmung meines Erlebens läutet den Beginn des Älterwerdens ein. Ich bin auf dem Weg ins Alter, der auch als Weg zur Weisheit interpretiert werden kann. Weisheit in dem Sinne, dass in »Weisheit« das Wort »weisen« zu erkennen ist. Weisheit – ein Verweisen auf etwas. Die jetzige Erfahrung verweist auf andere Erfahrungen. Dieser Beginn verweist zugleich auf das Ende des Nicht-Wissen, das Ende des Nicht-Bekanntsein und in der Folge bedeutet dieser Beginn das Ende der »inocencia«. »Inocencia« und nicht Unschuld. Hier kann ich mich im niederländischen Ausdruck nicht wiederfinden. Unschuld finde ich ein unglückliches Wort, um »inocencia« auszudrücken. Unschuld verweist auf Schuld, »inocencia« dagegen verweist auf »noceo«, Schaden. Das Wort »inocencia« ist frei von der emotionellen Spannung, die das Wort Schuld in mir heraufbeschwört.

Damit begann es, dachte Leah, mit dem Wort Unschuld habe ich zum ersten Mal meine Verlegenheit gegenüber der Sprache festgestellt. Etwas stimmte nicht, besser gesagt, ich stimmte nicht mit meiner Sprache überein. Sie blätterte weiter, bis sie die richtige Passage fand.

Die Sprache ist das Haus des Seins.

Heute habe ich Leo getroffen. Auf meiner täglichen Radtour erkannte ich auf einer einsamen Terrasse seine gelockten Haare, die beinahe bis zu den Schultern reichen. Er las in einem Buch. Ich stellte mein Fahrrad ab und ging auf ihn zu.

»Störe ich?«, fragte ich.

Er sah auf. Sein Blick war verschwommen, er hielt noch die gedruckten Lettern fest. Leo blinzelte, sein Blick wurde nachdenklich, dann freundlich.

»Leah?«, fragte er, stand auf und streckte mir seine Hand ent-

gegen. Ich nickte und schüttelte sie. Ein fester Griff. Mit der anderen Hand machte er eine einladende Geste auf den Stuhl neben sich.

»Möchten Sie etwas trinken? Hier draußen gibt es noch keine Bedienung.«

»Gerne, einen Kaffee, mit extra Zucker bitte«, antwortete ich.

Leo ging in den Pavillon. Groß und schlank mit verschlissenen Jeans und einem ausgefransten blauen Sakko. Er lief ein wenig vornüber gebeugt, die Arme schlenkerten dabei. Ich warf einen Blick auf das Buch, das er auf den Stuhl gelegt hatte. »Das moderne Denken. Philosophische Betrachtungen.« Philosophie, damit beschäftigte er sich, das hatte er mir bei unserer ersten Begegnung erzählt. Leo kehrte mit Kaffee und einem Glas Rotwein zurück, setzte sich mir gegenüber nieder und lächelte. Anfang vierzig, schätzte ich, graublaue Augen, dunkelblondes Haar, volle Lippen, Habichtsnase und buschige Augenbrauen. Ich fand, dass Leo eine anziehende Männlichkeit ausstrahlte, was immer das auch bedeuten mochte.

»Interessant?«, fragte ich und deutete auf das Buch.

»Manche Dinge schon, andere weniger. Wie geht es Ihnen und Ihrer Angst?«

Er wusste, wer ich war.

»Gut, aber du kannst mich duzen. Übrigens bist du einer der wenigen, die das nicht sofort tun. Die meisten Menschen sagen gleich du zu mir.«

»Finden Sie … findest du das schlimm?«

»Nicht mehr.«

Leo lehnte sich nach vorne und forderte mich mit einer Geste zu weiteren Erklärungen auf.

»Nun, wie soll ich das erklären? Es hängt mit der Sprache zusammen. Früher übersetzte ich die Reaktionen, die meine Sprachunfähigkeit heraufbeschwor, als unverschämt und verwerflich und wurde böse. Jetzt nicht mehr, die Reaktionen sind manchmal die gleichen, aber ich werde nicht mehr auf die gleiche Weise böse …« Als ich Leos fragenden Blick spürte, erkannte ich, dass man selbst gegenüber einem Philosophen nicht ausschließlich in abstrakten

Begriffen sprechen konnte. Ich nahm einen Schluck Kaffee und suchte nach den richtigen Worten. Leo wartete.

»Wie ich schon gesagt habe, es hat mit der Sprache zu tun. Jedes Mal, wenn ich meinen Mund aufmachte und etwas sagte, egal was und zu wem, merkte man, dass ich Ausländerin war. Ipso facto begann die Metamorphose, statt eines Sie wurde ich zu einem Du, die Sprachebene sank auf ein kindliches Niveau, ja auf das Niveau einer geistig beschränkten Person und man fand es selbstverständlich, die Grenzen des Anstandes zu überschreiten und Fragen zu stellen, die man normalerweise nicht sofort stellt. Ich wusste, dass dahinter wahrscheinlich keine bewusste böse Absicht stand, trotzdem ärgerte es mich. Vielleicht bin ich besonders empfindlich. Es hat sehr lange gedauert, bis ich wusste, was es genau war. Nach vielen Jahren kam ich dahinter, warum es mich störte. Die Metamorphose bewirkte eine Scheidung, ich wurde sozusagen ausgeschlossen, ich wurde an einen anderen Platz gestellt. Außerhalb der Sprache, nannte ich es.«

»Außerhalb der Sprache! Phantastisch. Außerhalb der Sprache!«, rief Leo und griff nach dem Buch.

Alles bewegte sich. Er schüttelte den Kopf, seine lange gekräuselte Mähne flatterte im Licht. Er stampfte mit den Füßen, mit wilder Besessenheit blätterte er in seinem Buch. Theatralisch, dachte ich, er ist theatralisch, genauso wie Chawah. Hier liegt die Anziehungskraft, die ich das letzte Mal schon bemerkte, ohne sie einordnen zu können. Er verstummte plötzlich, legte das geöffnete Buch vor sich auf den Tisch, blickte in meine Richtung und setzte zu seinem Auftritt an.

»Die Sprache ist das Haus des Seins. Falls du dich noch daran erinnern kannst, habe ich dir das letzte Mal von Heidegger erzählt. Damals ging es über die Angst als Grundstimmung des menschlichen Seins. Heidegger hat ausführlich über das Sein geschrieben, aus verschiedenen Perspektiven kann man sagen, also auch mit Bezug auf die Sprache. Er sagt, dass die Sprache das Haus des Seins ist. Wenn wir den Sprung wagen, und warum sollten wir ihn nicht

wagen, hier in einem Rotterdamer Straßencafé, übertragen wir seinen Ausspruch auf deine Alltagserfahrung, dann können wir daraus den Schluss ziehen, dass deine Erfahrung des ›Außerhalb-der-Sprache-Stehens‹ eine Erfahrung des ›Außerhalb des Seins‹ ist. Außerhalb des Seins, ohne Behausung. Keine Sprache, kein Haus, keine Seinsmöglichkeit. Wie findest du das?« Leo war in Ekstase geraten, seine Nasenflügel zitterten und seine Augen waren feucht.

»Es klingt aufregend, aber ich begreife nicht viel davon«, sagte ich leise und ehrlich.

»Stimmt, mal schauen, wo soll ich beginnen?«, Leo war ein Lehrer, bemerkte ich, er genoss das Unterweisen und das Unvermögen seiner Zuhörerin konnte seinem Enthusiasmus keinen Abbruch tun.

»Es geht also um die Sprache und das Sein. Die Sprache ist der Ort, wo das Sein zur Sprache kommt. Mit der Sprache können wir die Welt erschaffen: Wir nennen die Dinge, mit der Sprache verhalten wir uns zur Welt. Die Sprache ist das, was den Menschen zum Menschen macht. Aber, und das ist das Wesentliche, es ist nicht so, dass wir die Sprache erschaffen, nein, die Sprache besteht und wir können sie gebrauchen. Das Gebrauchen der Sprache darfst du nicht instrumentell verstehen, nicht in Begriffen von: die Sprache ist ein Instrument um sich auszudrücken, sondern den Gebrauch der Sprache musst du als ›Ereignis‹ verstehen. Es geht um das Ereignis, in dem das Sein zur Sprache kommt. In diesem Ereignis kommt Mensch und Sprache eine gleichwertige Rolle zu, da von einem Primat des Menschen oder der Sprache nicht die Rede ist. Sprache-Mensch oder Mensch-Sprache ist ein Ereignis, das geschieht und in diesem Ereignis kommt das Sein zur Sprache und das Sein ist das Wesen des Menschen …«

Leo schwieg und blickte zerstreut vor sich hin. Als ob er auf der Suche nach etwas war, das er verloren hatte. Ich quälte mein Gehirn, um etwas aus seinen Ausführungen zu destillieren, um etwas daraus zu machen, um die Stille zu brechen.

»Auf mich selbst bezogen, kann ich meine Verlegenheit gegenüber der Sprache als eine Reaktion auf meine Erfahrung deuten, in *der das Wesen meines Seins keine adäquate Artikulation, keine Behausung in der Sprache findet …«, sagte ich.*

Leo war abwesend. Stille. Er trank sein Glas leer und sagte: »Eigentlich geht es um etwas anderes.«

»Ja?«

»Es geht um die Wahrheit …«

»Bei deinem Heidegger geht es immer um etwas anderes, nicht wahr?«, wandte ich ein. »Ich meine, das letzte Mal hast du mit der Angst begonnen und kamst dahinter, dass es um etwas anderes ging, damals ging es um die Entscheidung.«

»Nein, nein, es geht nicht um etwas anderes. Es geht um viele, zu viele Dinge gleichzeitig und ich versuche sie zu entwirren und merke dann, dass ich zu kurz schieße. Alles hat mit einem Ding zu tun, alles hat mit dem Sein zu tun.« Leo war erschöpft und ich fand es genug, darum fragte ich nicht weiter.

Ich trank noch einen Kaffee und machte mich mit dem Rad wieder auf den Weg.

Jemand klopfte an die Türe. »Herein«, sagte Leah und David trat ins Zimmer.

»Wir gehen zu Tisch«, sagte er.

»Ich komme.« Leah klappte das Heft zu und begab sich in die Küche.

Montagnachmittag. Siesta. Stille. Leah lag auf dem Bett, schaute vor sich hin und dachte:

Zurückgekehrt ins Haus. Nach vierzig Jahren des Umherirrens und der Prüfungen begreife ich, dass meine Heimkehr nicht das Ende bedeutet. Kein Ithaka also. Das Haus ist nicht mein Ort, weil das Bindeglied, die Verbindung fehlt. Die Verbindung hat zwei Glieder. Zum einen besteht sie aus meinen Eltern und Chawah, zum anderen aus der Sprache. Beide Teile fehlen.

»Was nun?«, fragte sich Leah.

7. Die Toten

Donnerstagmorgen, eine Woche, nachdem Leah in Ezeiza gelandet war, fuhr sie zum Friedhof. Es war an der Zeit, die Toten zu besuchen. Der Friedhof befand sich in Moises Ville, fünfundzwanzig Kilometer vom Dorf entfernt. Leicht unbehaglich steuerte Leah den alten Variant, der auf der Schotterstraße ächzend dahinrumpelte. Der Vater, der klein von Gestalt war, mochte große Autos, und die Mutter, die Tochter polnischer Emigranten, die in der Neuen Welt mit knapper Not ihr Auslangen fanden, konnte sich nicht von Dingen trennen, die noch zu gebrauchen waren. So geschah es, dass, als der Vater stolz am Steuer eines glänzenden Chevys angebraust kam, auf Betreiben der Mutter der Variant nicht verkauft wurde. Der Variant blieb. Der Chevy landete nach dem Unglück beim Schrotthändler.

»Ich behalte den Variant, man weiß nie«, hatte Chawah gesagt. Dieses »man weiß nie« war angekommen und Leah war dankbar, dass sie für ihren Friedhofsbesuch nicht auf den öffentlichen Verkehr oder die Dorfbewohner angewiesen war.

Leah fuhr langsam. Das große Auto war alt und abgenutzt. Die Straße mit ihrer dicken Staubschicht war heimtückisch. Durch den Staub konnte man die Risse, Schlaglöcher, Unebenheiten und die tiefen Spurrillen kaum erahnen, und schon gar nicht sehen. Mehrmals griff Leah ins Leere, weil sie den Schalthebel auf der rechten Seite suchte. Der Variant besaß eine Lenkradschaltung und es dauerte eine Weile, bis sie sich daran gewöhnte.

Zwei Straßen führten von Las Palmeras nach Moises Ville. Die eine war die offizielle, sie führte über Palacios und war teilweise asphaltiert. Die andere war die »Linea Bialystok«, die ihren Namen den ersten Bewohnern verdankte, die aus der gleichnamigen polnischen Stadt kamen. Leah nahm die »Linea Bialystok«.

Hier hat sie begonnen, dachte sie, die jüdische Niederlassung in Argentinien. Hier lag auch der Beginn der ewigen Ruhe, hier entlang waren meine Toten zur Ruhestätte geführt worden. Zu beiden Seiten der Straße erstreckten sich Felder, und zwischen den Feldern und der Straße standen alte Bäume, die ihren Schatten auf die Straße warfen. In der Ferne sah Leah eine Staubwolke aufziehen, erst klein und dunstig, je näher sie aber kam, desto größer und kompakter wurde die Wolke. Allmählich nahm sie Konturen an: zwei Gauchos trieben zu Pferd eine Rinderherde zu ihrem Bestimmungsort. Die Herde beanspruchte die ganze Straße für sich und Tiere und Gauchos nahmen von Leah keine Notiz; sie setzten ihren trägen Marsch fort.

»So gehört es sich auch«, flüsterte Leah, »die Pampa ist ihre Domäne und ich, der motorisierte Eindringling, muss warten.« Sie stellte den Motor ab und lauschte den Rufen der Männer, die die Rinder antrieben. Aus der Herde stieg Gebrüll auf, die Geschwindigkeit veränderte sich jedoch nicht; das Vieh bewegte sich in slow motion. Es waren größtenteils Kühe, Milchkühe mit geschwollenen Eutern, und Leah griff nach ihren ausgetrockneten Brüsten in dem Versuch, dem Schmerz vorzugreifen. Der Schmerz trat jedoch nicht ein. Er gehörte zu ihren Erinnerungen. Den Erinnerungen aus einer fernen Vergangenheit, als ihre Brüste so groß, so schwer und so voll waren, dass sie beim

Gehen unter dieser Last gelitten hatte. Leah blickte auf die vollen Euter mit den rosigen feuchten Zitzen und tastete mit ihren Fingern nach ihren Brustwarzen, die beinahe verschwunden waren.

»Oh«, trauerte sie, »meine leergesaugten, verlassenen und abgedankten Brüste. Einst wurden sie von Geliebten und Liebhabern gestreichelt und liebkost. Einst hat sich Shaul, der neugeborene König, gierig nach ihnen gesehnt. Jetzt trage ich euch mit mir, vergessen und überflüssig, und nur ab und zu, wie jetzt, beschwört ihr Erinnerungen herauf.« Und die Erinnerungen kamen. Durcheinander, ohne sich an irgendeine chronologische Gesetzmäßigkeit zu halten, flitzten die Erinnerungen an ihren Augen vorbei und Leah sah sich selbst in verschiedenen Augenblicken und verschiedenen Situationen. Eigentlich sah sie nicht sich selbst, sie sah vielmehr ihre Brüste. Wie sie von Shauls rundlichen Fingern gestreichelt wurden, während seine nassen Lippen an ihren Brustwarzen saugten. Voll Rührung dachte Leah an dieses Bild und bemerkte, wie die rundlichen Finger Amos' Händen Platz machten, die ihre Brüste streichelten und wie er mit der Zunge an ihren Brustwarzen leckte. In schnellerem Tempo folgte ein Bild auf das andere, und die Flut von Händen, Lippen, Fingern und Zungen, die in der Vergangenheit ihre Brüste liebkost hatten, nahm von ihrem Körper Besitz. Leah fühlte, wie die Brustwarzen unter ihren Fingern steif wurden, sie errötete und lächelte.

Die Stimme einer der Gauchos holte sie in die Gegenwart zurück. Leah blickte nach vorne und sah, dass die Herde sich in zwei Gruppen geteilt hatte, sodass ein schmaler Durchgang ihr die Weiterfahrt ermöglichte. Mit einer Handbewegung dankte sie den beiden Männern und eskortiert von brüllenden Mäulern und neugierigen Augen fuhr sie langsam hindurch. Im Spiegel beobachtete sie, wie das Vieh die Reihen schloss und wieder die gesamte Straße in Beschlag nahm.

Der Friedhof befand sich außerhalb des Ortsgebietes. Leah parkte vor dem großen Eingangstor, dessen hebräische Aufschrift die Wölbung nachzeichneten. »Beith Almin«, las sie, »das Haus der Welt.« Mit Erleichterung stellte sie fest, dass die schwere Holztüre nicht versperrt war, was ihr die Suche nach dem Schlüssel ersparte. Durch das Tor gelangte sie zum Baldachin, unter dem sich der Springbrunnen befand. Leah sah sich um. Grabsteine, Stille und Schatten. Zwischen den Grabsteinen standen Bäume, deren Schatten die gnadenlose Mittagshitze ein wenig milderten. Gestützt auf ihr Gedächtnis begab sie sich auf die Suche nach den Gräbern.

»Vater und Mutter liegen neben den Großeltern«, hatte Chawah erzählt.

»Mutter liegt neben Großvater und Großmutter, alle liegen nebeneinander«, hatte David geschrieben. Leah konnte sich an ihren letzten Besuch auf dem Friedhof erinnern und es dauerte nicht lange, bis sie das Grab von Meir Braunstein, ihrem Großvater, fand. Neben Meir der Grabstein von Rosa, seiner Frau, und daneben die Gräber von Sarah, Bernardo und Chawah. Bernardo lag in der Mitte, zu seiner Linken Sarah, seine Frau, und zu seiner Rechten Chawah, seine Tochter. Eigentlich gilt für Vater eine andere Reihenfolge, dachte Leah. Chawahs Grab schloss die Reihe, die an den Pfad grenzte.

»Ein Zufallstreffer«, hatte David geschrieben, »zufällig war noch ein Platz frei und da liegt die Mutter.« Leah blickte auf ihre Toten, die ihr aus dem Marmor entgegenblickten. Weder in Israel noch in Holland hatte sie so etwas gesehen, in Argentinien war es jedoch Brauch, ein Porträt des Verstorbenen auf dem Grabstein anzubringen und so blickte Leah ihren Liebsten direkt ins Gesicht. Die Fotos waren verschwommen. Leah bemühte sich nicht herauszufinden, ob es am Staub oder an ihren tränenden Augen lag. Resolut ging sie zum Auto, öffnete den Kofferraum, nahm den Eimer, die Tücher und das Wachs, die sie von zu Hause mitgenommen hatte, und machte sich an die Arbeit. Gewissenhaft tat Leah das, was zuerst ihre Mutter und danach Chawah all die Jahre getan hatten. Zeit ihres Lebens ging die Mutter, und nach ihrem Tod, Chawah, zweimal im Jahr auf den Friedhof, um die Gräber zu reinigen und den Marmor zu polieren.

Zufrieden mit dem Resultat verstaute Leah die Sachen wieder im Auto, wusch sich die Hände und ging zu ihren Toten zurück. Sorgfältig legte sie auf jedes Grab einen kleinen Stein. Die Steine, eigentlich große Kieselsteine, hatte sie im Patio hinter dem elterlichen Haus aufgelesen und mitgenommen. Sie mochte diesen Brauch. Wenn man ein Grab besucht, legt man einen Stein auf die Platte. Eine Art Gruß, ein Zeichen, eine Geste, die den Besuch dokumentiert und an ihn erinnert.

Leah stand vor dem Grab ihres Vaters, sah wiederum zu ihren Liebsten und begann, mit gedämpfter Stimme das Kaddisch zu sprechen.

»Itgadél we'itkadesh shméi rabá. Verherrlicht und geheiligt werde Gottes großer Name.« Die ersten Worte des Gebets waren ihres Vaters geliebte Worte. In Verzückung trug er sie in der Synagoge vor und bewegt erklärte er seinen kleinen Töchtern die Bedeutung des Gebets.

»Das Kaddisch ist nicht einfach ein Gebet, es ist eine Hymne, ein Loblied auf Gott, es ist, wie der Name sagt, ein Preisen seiner Heiligkeit, ein Versuch, Gottes Heiligkeit in menschliche Worte zu kleiden«, führte der Vater aus, und die Zwillinge lauschten den hebräischen Klängen, die, befreit von Vaters Lippen, den Raum erfüllten.

»Gottes großer Name sei gepriesen, immerzu und bis in Ewigkeit! Gottes Name sei verherrlicht und erhoben. Gottes Name sei verehrt und gerühmt, Gottes Name sei gefeiert und besungen …«, flüsterte Leah und dachte weiter an Vaters Erklärungen.

»Das Kaddisch ist nicht einfach ein Gebet, denn wie der Rabbi sagt, jedes Mal, wenn das Volk die Worte: ›Gelobt sei Sein großer Name in Ewigkeit‹ ausspricht, nickt der Rabbi und sagt: ›Heil dem König, den man so in Seiner Wohnung feiert.‹« »Das bedeutet«, erklärte der Vater weiter, »dass Er mit seinem Volk zufrieden ist, das Seinen Namen ehrt. So berichtet der Talmud auch von Rabbi Josef, der in den Ruinen von Jerusalem betete, als er eine Stimme hörte: ›Ach, die Kinder um deren Sünden Ich Mein Haus verwüsten ließ, während ich sie unter die Völker verbannt habe.‹« Und immer, wenn er das Wort verbannt aussprach, zitterte die Stimme des Vaters.

»Verbannte im Exil, Nomaden, das sind wir …«, setzte er fort, »aber damit hat es nicht begonnen, nicht wahr?«

»Nein, nein …!«, riefen dann die Mädchen im Chor, in dem Wissen, dass auch sie gepriesen wurden, vielleicht auch von Ihm, sicher aber von ihrem Vater. »Nein, damit hat es nicht begonnen, mit Abraham hat es begonnen.«

»Ja, mit Abraham«, bestätigte der Vater zufrieden und erzählte, zum hundertsten Mal, Abrahams Geschichte: »Und die Heiligkeit sprach zu Abraham, lech, lechá, gehe, gehe aus deinem Lande, aus deinem Vaterlande und aus deines Vaters Hause, in ein Land, das ich dir zeigen will. Und ich will dich zum großen Volk machen, will dich segnen und dir einen großen Namen machen. Das sagte der Heilige zu Abraham«, erzählte der Vater, »und ihr müsst die Bedeutung dieses Auftrages begreifen. Abraham musste seinen Ort verlassen, und der Ort ist etwas Wichtiges; das wird deutlich, indem der Ort dreimal genannt wird: sein Land, sein Vaterland, das Haus seines Vaters. Und Abraham hörte zu und brach auf. Er verließ seinen Ort und, so steht es geschrieben, nahm Lot mit sich, und Sarah, seine Frau, und all ihre Habe und die Seelen, die sie gezeugt hatten, und sie machten sich auf den Weg ins Gelobte Land, und das Nomadenleben nahm seinen Anfang.«

»Und seine Freunde?«, fragte Leah.

»Seine Freunde? Wieso seine Freunde?«, reagierte der Vater überrascht. In seinem Blick die Wüste und das Versprechen.

»Ja, seine Freunde, er hatte doch Freunde? Sind sie auch mitgegangen?«, Leah ließ nicht locker.

Das wusste der Vater nicht, über seine Freunde stand nichts geschrieben, er müsste nachfragen, vielleicht wusste der Rabbi etwas über seine Freunde.

»Und ist er jemals zurückgekommen?«, fragte Leah weiter. Für sie stand fest, dass die Freunde nicht mitgegangen waren, denn wenn nichts über die Freunde geschrieben wurde, waren sie wahrscheinlich zurückgeblieben.

»Nein, er ist nicht mehr zurückgekommen«, antwortete der Vater. »Der Stimme zu lauschen und zu folgen, bedeutete einen neuen Beginn, ohne ein Zurück, es bedeutete den Beginn des Exils, der Verbannungen, der Diaspora …«

»Hatte Abraham denn kein Heimweh?«, fragte Leah weiter, in Gedanken immer noch bei den zurückgebliebenen Freunden.

»Heimweh«, wiederholte der Vater und legte seine Hände auf die Lockenköpfe, seine Linke auf Leahs und seine Rechte auf Chawahs Kopf, »Heimweh, natürlich hatte er Heimweh. Nomaden haben immer Heimweh, Heimweh und Sehnsucht, Sehnsucht und Verlangen.«

»Und doch ist er nie mehr zurückgekehrt«, stellte Leah fest und blickte in die feuchten Augen des Vaters.

»... Gepriesen sei er über allem Lob und jedem Lied, hoch über allem Preis und jedem Trost der Welt. Darauf sprecht: Amen!«, schloss Leah das Kaddisch, wandte sich an das Foto des Vaters und sagte:

»Vater, hier bin ich, zurückgekehrt. Vierzig Jahre nach meinem Fortgehen stehe ich hier, blicke auf dein Foto und erinnere mich, wie du uns von Abraham erzählt hast. Das war deine Lieblingserzählung, nicht wahr? Immer hat sie gepasst. War es ein Vorgefühl? Wusstest du es schon oder vermutetest du es schon, dass diese Tochter Nomadin werden sollte? War es eine Art Warnung? Wolltest du mir, so jung ich auch war, zu verstehen geben, dass das Nomadenleben nicht das richtige ist? Und trotzdem bin ich eine Nomadin geworden. Meine erste Verbannung hast du mit der Zeit einigermaßen verkraften können. Ich verließ zwar das Land, meinen Geburtsort, dein Haus, aber ich folgte der Stimme des Ideals und ging in *Das Land*. Erinnerst du dich noch? Ich ging, um das Land aufzubauen und zu kultivieren, um den Bund nochmals zu bestätigen, um einen König zu gebären und so, soweit ich es konnte, für deine Unsterblichkeit zu sorgen. Ja, mit meiner ersten Verbannung hast du trotz deiner Sehnsucht und deinem Heimweh Frieden geschlossen. Schwieriger wurde es mit meiner zweiten Verbannung. Kannst du dich noch daran erinnern? Ich weiß es noch genau. Ich rief an, um es dir zu erzählen, um dir zu erklären, dass ich eine andere Stimme gehört hatte: Die Liebe rief mich und ich beschloss, dem Ruf zu folgen.

»Vater, ich gehe, ich gehe fort, ich gehe nach Holland, wo die Liebe wartet«, sagte ich und dann kam deine Stimme, »Nach Holland? Nach Europa? Was hast du da verloren? Was suchst du auf dem großen Friedhof?« So sprachst du, und ich verstummte. Der große Friedhof, sagtest du. War das auch eine Warnung? Wolltest du mich wachrütteln? Wolltest du mir sagen, dass von dem großen Friedhof keine echte Stimme der Liebe erklingen konnte? »Und das Kind?«, fragtest du mit ängstlicher Stimme. Das Kind, so nanntest du Shaul.

»Das Kind kommt natürlich mit«, beruhigte ich dich.

Vater, mit meiner zweiten Verbannung hast du nie Frieden geschlossen. Und doch bist du auf den großen Friedhof gefahren. Weißt du es noch? Es war tiefer Winter. Es war kalt. Es schneite. Die Kanäle waren zugefroren und das Vieh stand im Stall. Das fandest du unmöglich, das Vieh gehörte aufs Feld, wo es träge grasend den Schatten sucht. Das Vieh gehörte aufs Feld, wo es die Landschaft prägt. Diese viehlose Landschaft verstärkte deine Feindschaft gegenüber dem großen Friedhof, und eine Woche nach deiner Ankunft standen wir am Flughafen, um Abschied zu nehmen. Kein Wort über meine Liebe und meine Geliebte. Aber du blicktest erstaunt auf ihre blonden Haare und die blauen Augen.

Zu viel auf einmal?, fragte ich mich damals. Eine Frau und zudem keine Jüdin. Kein Wort über meine Liebe und meine Geliebte und ich, die dein Schweigen respektierte, stellte keine Fragen. Ich schaute zu, wie du Shaul liebkostest und ich lauschte, wie du ihm die Geschichte von Abraham erzähltest. Mit sanfter Stimme, ein wenig verlegen, mit dieser für dich neuen Wahrnehmung: Zum ersten Mal in deinem Leben warst du ein Verbannter geworden.

Das Dasein als Verbannter, wenngleich auch nur von kurzer Dauer, machte großen Eindruck auf dich. Ausführlich erzähltest du von deinen Eltern und ihrem Nomadenleben, von ihren Verbannungen, wie sie auf der Flucht vor den Pogromen von Dorf zu Dorf, von Stadt zu Stadt zogen. Wie sie schließlich in der Neuen Welt ankamen, ihr letztes und zugleich schwierigstes Exil. Ja, du wolltest das Gespräch führen, das du mit ihnen nie geführt hattest. Du wolltest wissen, wie die Erfahrung des Exils war. Du versuchtest dir vorzustellen, wie sie sich gefühlt hatten, in dem fremden Land, zwischen unbekannten Klängen, in einer Kultur, von der sie nichts wussten, Jahrhunderte entfernt von ihrem Schtetl, ihrer Familie und ihrer Vergangenheit. Du wolltest ihr Heimweh ergründen. Doch sie waren nicht mehr und deshalb wolltest du es von mir wissen. Und ich, die Stimme der Liebe noch hörend, konnte nur über den Bann erzählen, den Bann des Neuen, des Anderen, des Unerwarteten, ich konnte nur über die Verlockung des Abenteuers erzählen.

»Und das Heimweh?«, fragtest du damals. »Das Heimweh ist süß, auch das Heimweh ist reizvoll«, antwortete ich und du schwiegst.

Leah fühlte, dass ihr schwindlig wurde. Trägen Schrittes ging sie zum Baldachin, beugte sich über den Brunnen, besprengte ihr Gesicht, machte sich die Haare nass und trank gierig von dem aufspritzenden Wasser. Einen Augenblick überlegte sie zum Auto zu gehen und wegzufahren, doch dann beschloss sie, zu ihren Toten zurückzukehren. Müde setzte sie sich auf den Grabstein ihres Vaters und spann mit geschlossenen Augen ihren Monolog weiter.

Vater, hier sitze ich an deinem Grab und denke an deinen Besuch. Es ist lange her, aber ich erinnere mich noch genau daran. Es ist lange her und so viel hat sich verändert. In meinem Heute erklingen keine neuen Stimmen, und die Stimmen der Vergangenheit werden schwächer und schwächer. Ich bin eine Nomadin geworden, und das Heimweh hat seinen Reiz verloren. Ich bin in dein Haus zurückgekehrt und habe begriffen, dass es mein Platz nicht mehr ist. Das Haus ist leer und der Klang meiner Sprache bringt Ramona zum Lachen. Du hattest recht, der Ort ist wichtig. Könnte ich euch doch mitnehmen, könnte ich das Haus doch mitnehmen und so meinen eigenen Ort bauen, könnte ich mein Nomadenleben bloß beenden. Erinnerst du dich daran? Wie war es doch gleich? Du hattest solch ausgeprägte Vorstellungen vom Nomadentum.

»Nomaden leben mit permanentem Rückstand und Unzulänglichkeiten«, sagtest du. »Sie haben keinen Ort, da sie sich nirgends wirklich niedergelassen haben, sie ziehen von Ort zu Ort ohne ein festes Band zu knüpfen. Der Nomade baut keine Beziehung zum Land auf, ihm fehlt das, was der sesshafte Mensch hat, nämlich ein tiefes Engagement und eine Verbundenheit mit dem Land. Der sesshafte Mensch bearbeitet und kultiviert, der Nomade dagegen profitiert, er gebraucht das Stück Land, wo er sich befindet, und wenn das Land nichts mehr zu bieten hat, zieht er weiter. Er integriert sich nicht, er profitiert und lebt als Parasit. Der Nomade hat kein Land, keine Sprache, keinen Hintergrund, da er an den Ereignissen nicht teil hat. Er baut keine Geschichte, keine Kultur auf.«

So sprachst du und all meine Bemühungen dir zu erklären, dass das Nomadenleben auch positive Seiten hat, halfen nichts. All die Worte, die ich gebrauchte, um dir zu erzählen, dass der Nomade dem Ort etwas hinzufügt, da er die Erfahrungen und die Kenntnisse, die er gesammelt hat, mitbringt und überträgt, fielen ins Leere.

»Der Nomade ist das Einzelwesen, das sich nicht bindet«, sagtest du damals und ich dachte an Chawah und schwieg.

Vater, hier bin ich. Einzelwesen und Nomadin bin ich geworden. Ohne Ort, ohne Sprache, ohne Liebe. Auch in der Liebe bin ich Nomadin geworden. Kurz nach deiner

Abreise verstummte die Stimme, die mich nach dem großen Friedhof gelockt hatte, und von der Stille überrumpelt, habe ich wie eine Besessene meine Suche wie Don Quichotte begonnen. Ich musste um jeden Preis die Stimme herbeirufen. Vergebens, allen Liebhabern und Geliebten zum Trotz ließ sich die Stimme nicht mehr vernehmen. Könnte ich euch doch mitnehmen, könnte ich das Haus doch mitnehmen und so meinen eigenen Platz bauen …

»Señora …«

Leah erschrak, sie hatte den Mann nicht kommen gehört. Sie öffnete die Augen und wandte sich der Stimme zu. Eine mittelgroße Gestalt, abgetragene Kleidung, eine Kippa auf dem Scheitel, in der rechten Hand hielt der Mann ein Gebetbuch, in der linken einen Besen. Leah stand auf und sah, wie der Mann mit offenem Mund auf sie und auf Chawahs Foto blickte, von einer zur anderen, von einer zur anderen.

»Meine Schwester«, sagte sie.

Der Mann schluckte, hüstelte und sagte: »Es ist Schließungszeit, aber wenn Sie möchten, kann ich für Sie«, und er schwenkte das Gebetbuch, das er in der rechten Hand hielt.

»Nein, danke, es ist schon gut, ich gehe«, sagte Leah, küsste die drei Fotografien, ging zum Baldachin, wo sie ihre Hände wusch und verließ den Ort. Hinter sich hörte sie, wie der Mann das Tor abschloss.

8. Die Könige

»Mazzel Tov, Scherben bringen Glück!«, rief Ramona aus der Küche, als sie den Lärm hörte. Sie trocknete ihre Hände an der Schürze ab und ging ins Wohnzimmer, aus dem der Lärm gekommen war. Leah stand in der Mitte des Zimmers und umfasste mit beiden Händen den Raum, an dem zuvor die Schale gestanden war. Die Schale, besser gesagt das, was von ihr übrig war, lag über den ganzen Boden verstreut.

»Was stehst du da und schaust, tu lieber etwas«, sagte Ramona und eilte mit hastigen Schritten fort, um Besen und Kehrschaufel zu holen.

Vorsichtig kniete sich Leah nieder und begann die Scherbenstücke zu prüfen.

Schade, dachte sie, sie sind zu klein, um sie zusammenzuleimen. Die Schale ist nicht mehr zu retten.

»Was machst du da? Sei vorsichtig, überall liegen Scherben, du wirst dich noch schneiden«, warnte sie Ramona, die mit dem Besen zu Werk gegangen war.

»Es hat keinen Sinn«, flüsterte Leah.

»Was hat keinen Sinn?«

»Sie aneinander zu … sie zusammenzuleimen.«

»Wieso aneinander? Was leimen? Was ist los mit dir?«

»Nun, leimen … die Stücke … der Schale ihre Form zurückgeben«, sagte Leah, blickte zu Ramona und schwieg. Es hat keinen Sinn, weder das Leimen, noch das Erklären.

Ramona würde ihren »Reparaturdrang« wahrscheinlich nicht begreifen. Auch Shaul hatte ihre Gewohnheit, alles zu leimen und zu reparieren, kommentiert. Amüsiert hatte er zugeschaut, wie seine Mutter mit erstaunlicher Geduld mit Porzellan-, Holz- oder Glasstückchen herumhantierte und wie sie sich mit der Materie Leim auskannte. Für jedes Material besaß sie den passenden Leim und in ihrem Kühlschrank bewahrte sie die Wunderprodukte, die die neuen Technologien hervorgezaubert hatten.

»Es war eine von Mutters Lieblingsschalen«, sagte Leah und stand auf, um dem Besen Platz zu machen.

»Im Schrank stehen so viele Schalen, die niemand verwendet«, stellte Ramona fest und kehrte weiter.

Samstagmorgen. Leah saß am Küchentisch, trank Kaffee und blickte auf ihre Hände, welche die Schale fallengelassen hatten.

»Wir müssen Fleisch kaufen«, sagte sie.

»Fleisch? Der ganze Kühlschrank ist voll«, bemerkte Ramona, ging zum Kühlschrank und öffnete die Türe. »Wir haben T-Bone-Steaks, Filetbraten, Rinderschnitzel und Huhn. Einen ganzen Kühlschrank voll.«

»Das mag sein, aber heute steht Asado auf dem Menü und dafür haben wir kein Fleisch«, sagte Leah und Ramonas Frage zuvorkommend, fügte sie hinzu: »David hat gestern Abend angerufen.«

»Oh«, sagte Ramona und wartete.

»Er kommt heute Nachmittag und möchte am Abend Asado essen. Eigentlich sollte ich sagen: Sie kommen.«

»Kommt Rachel mit?«, fragte Ramona und ließ sich gegenüber Leah nieder.

»Nein, Rachel kann leider nicht. Ich weiß nicht, wer noch kommt. Er rief an, um zu sagen, dass er heute kommt und jemanden mitbringt, wen, das hat er nicht gesagt. Als ich nach Rachel fragte, erzählte er, dass sie arbeiten müsse und nicht kommen könne. Ich weiß also nicht, wen er mitbringt.«

»Sicher einen seiner Freunde«, mutmaßte Ramona, »das macht er regelmäßig. Immer wieder bringt er Freunde mit ins Dorf.«

»Er hat jedenfalls um Asado gebeten und deshalb weden wir heute Abend Asado essen. Wir müssen Fleisch, Gemüse für den Salat und Stangenbrot kaufen und dafür sorgen, dass genügend Holz für das Feuer da ist«, sagte Leah und verstummte, als sie Ramonas Blick bemerkte.

Diese Ramona, dachte sie, sie sieht und hört alles.

»Wir?«, fragte Ramona. »Heißt das, dass du zum Einkaufen mitkommst?«

Leah schwieg und blickte auf ihre Nägel, die dringend einer Maniküre bedurften. Seit ihrer Ankunft hatte sie das Haus kaum verlassen. Sie hielt sich in den Zimmern oder im Patio auf und hatte, außer Ramona, niemanden gesehen oder gesprochen. Ramona fragte nichts und respektierte die bekannten Codes. Auch mit Chawah hatte sie das mitgemacht. Wenn Chawah ins Dorf kam, blieb sie im Haus und wünschte weder Besuch, noch dass sich jemand um sie bemühte. Leah wusste, dass Ramona als »Botin« fungierte, dass sie das Dorf über ihr Tun und Lassen informierte und die Neugierigen mit der Mitteilung auf Distanz hielt: »Wenn Leah jemanden sehen oder mit jemandem sprechen möchte, wird sie das schon zu verstehen geben.« Nun wartete Ramona auf eine Mitteilung. Sie wartete, ob Leah sagen würde, dass sie ins Dorf gehen wollte. Doch diese war sich darüber nicht sicher. Zwar war sie am Morgen mit der Absicht aufgestanden, gemeinsam mit Ramona Einkäufe zu erledigen und so, endlich, das Dorf zu erforschen, aber je weiter der Vormittag fortschritt, desto unsicherer und nervöser wurde sie und aus diesem Grunde hatte sie auch die Schale fallen lassen.

»Nein, ich gehe nicht mit, ich kümmere mich um das Holz und werde den Grill putzen«, antwortete Leah energisch und ging in den Patio.

Der Patio, eigentlich der Hof, war vierzig Meter breit, knapp fünfzig Meter lang und durch eine zwei Meter hohe Mauer von den angrenzenden Grundstücken getrennt. Er bestand aus drei Teilen. Der erste Teil, der eigentliche Patio, bestand aus einer Terrasse mit ein paar schattenspendenden Bäumen, einem runden Steintisch mit zwei steinernen Bänken, wo man im Freien essen konnte, und dem Asador. Der zweite Teil, der vom ersten durch ein Gitter abgetrennt war, wurde früher für die scharrenden Hühner und ihre Küken verwendet, später pflanzte man Obstbäume und Sträucher. Der letzte Teil war für die Pferde bestimmt. Manchmal hatte der Vater zwei Pferde von den Feldern holen lassen, damit die Mädchen ihre Reitkünste entlang der Dorfstraße demonstrieren konnten. Die Mädchen bevorzugten die »echte Arbeit«, sie genossen es, zu Pferd, gemeinsam mit dem Vater, die Herde einzusammeln oder die Felder zu inspizieren. Dort wo früher die Pferde eingestellt waren, lagerte jetzt ein ansehnlicher Stapel Nadelholz. Leah wählte sorgfältig jene Holzscheite aus, die ihrer Meinung nach die beste Kohle abgeben würden, brachte sie in den Patio und legte sie neben den Asador. Mit Handfeger und Schaufel räumte sie die Asche weg, die von einem früheren Asado übrig geblieben war, und mit Zeitungspapier entfernte sie die Fettreste, die an den Eisenstäben der Parrilla klebten. Sie tat dies langsam und gewissenhaft und konzentrierte alle Sinne auf die Arbeit. Leah war unruhig, ihre Hände zitterten. Sie hatte sich nicht getraut, noch immer hatte sie Angst ins Dorf zu gehen, Angst, den Straßen und Gebäuden ihrer Vergangenheit zu begegnen, Angst, zu erfahren, was sie bereits wusste: Das Dorf war nicht mehr ihr Dorf.

»Das Dorf stirbt aus«, hatte Chawah berichtet. »Eigentlich ist das nicht verwunderlich, wer möchte schon in einem solchen Dorf bleiben? Von unserer Gruppe ist niemand mehr übrig, einige sind weggezogen, andere gestorben. Die Neuankömmlinge kann man beinahe an einer Hand abzählen, und auch das ist nicht verwunderlich. Was hat das Dorf ihnen zu bieten? Eine Vergangenheit, die sie nicht kennen? Einen vergangenen Glanz, der gerade noch von den Fassaden der leeren Gebäude abzulesen ist, der aber kein Brot auf den Tisch zaubern kann? Beinahe alles ist weg, die Bank, die Kooperative, sogar der Bahnhof steht nur mehr als Dekor. Die Züge halten nicht mehr, und die Hälfte der Häuser ist unbewohnt. Doch hat die moderne Zivilisation das Dorf erreicht, wir haben elektrischen Strom, Telefon, Fernsehen und die Hauptstraße wurde asphaltiert.« Leah betrachtete zufrieden ihre Arbeit, alles war bereit für den Asado.

Sie ging ins Haus und dachte: Nein, das Dorf ist mein Dorf nicht mehr.

Schlag fünf bog David in die Zufahrt ein und hielt im Patio. Leah verließ die Küche, um die Besucher zu begrüßen. Sie sah einen strahlenden David, der mit schnellen Schritten auf sie zukam, sie umarmte, küsste und sagte:

»Ich bin ein Zauberer!«

»Nein«, antwortete Leah unverzüglich, »du bist kein Zauberer, du bist ein König.«

»Ein Zauberer«, beharrte David.

»Ein König!«, rief Leah.

»Okay, ich bin ein König und ein Zauberer. Eigentlich bin ich ein König, der zaubern kann. Ich bin sogar ein König, der einen anderen König herzaubern kann«, sagte

David und blickte zum Auto. Leah folgte Davids Blick. Im Auto saß niemand, und Leah dachte an Davids Freund, der sichtlich nicht mitgekommen war. David nahm eine feierliche Haltung an, machte Gebärden, die an das Bild eines Zauberers erinnerten, und rief:

»Hokuspokus, Simsalabim, der König sei zur Stell'!«

Nichts passierte. Leah blickte amüsiert zu David, der mit seinen Händen in der Luft herumfuchtelte, um die bösen Geister zu vertreiben. David hob die Arme zum Himmel, blickte zur Sonne und befahl:

»Hokuspokus, Simsalabim, der König sei sofort zur Stell'!«

Leah sah, wie sich die hintere Wagentüre öffnete. Zwei Sportschuhe und zwei Beine kamen zum Vorschein, langsam erschien der Rest der Blue Jeans, die Konturen eines blauen T-Shirts folgten. Zwei Arme klammerten sich an der oberen Türleiste fest und hoben den Körper in die Höhe.

»Shaul?«, flüsterte Leah und zwinkerte, um das grelle Sonnenlicht in den Augen abzuwehren, »Shaul?«

»Hallo Ma!«, hörte sie die Stimme und nach der Stimme kam die Umarmung. Leah hielt den vertrauten Körper fest, roch den bekannten Geruch, küsste die warmen Arme, schnüffelte am T-Shirt und ließ ihren Tränen freien Lauf. Sie war glücklich.

Leah war glücklich. Dankbar genoss sie Shauls Anwesenheit, die sie in die Mutterrolle zurückschlüpfen ließ. Auf einmal fühlte sie sich wieder als Mutter. Seit ihrer Ankunft hatte sie sich bloß als Schwester oder Tochter gesehen und ein Unbehagen hatte sie überkommen. Die Lücke von vierzig Jahren war wie eine Last, die sie nicht abwerfen konnte. Shauls Ankunft hellte ihr Gemüt auf, sie wurde fröhlich und entspannt. Sie saß in einem Liegestuhl, schaute und lauschte.

David war mit dem Waschen und Putzen seines Autos beschäftigt. Shaul bereitete den Asado vor und erzählte. Shaul war, wie er sich selbst bezeichnete, ein »Geschichtenerzähler«. Er hatte Geschichte studiert, um, wie er es nannte, Geschichten zu sammeln. Nachdem er in Montreal von der Reise seiner Mutter erfahren hatte, traf er sofort die nötigen Reisevorbereitungen. Für ihn stand fest, dass er dabei sein musste, es war die Gelegenheit, die Geschichten seiner Mutter zu sehen und zu erleben. Der redegewandte Geschichtenerzähler beschrieb ausführlich sein Leben in New York, wo er am Jewish College Forschung betrieb.

»Eigentlich kann ich das Wort ›Forschung‹ nicht über meine Lippen bringen«, erklärte er, »ich sammle einfach Geschichten. Die Geschichten der Amsterdamer Juden, die noch nicht völlig erschöpft von der Reise, die sie von Spanien und Portugal in den Norden geführt hatte, den großen Ozean überquerten und sich in New Amsterdam niederließen. Ich versuche, soweit dies möglich ist, die Nachfahren zu treffen und dann höre ich, wie sie sich glücklich preisen und wie sie dankbar sind, dass die Müdigkeit ihre Vorfahren nicht gelähmt hatte, ›sonst‹, sagen sie dann, ›wären auch wir in Rauch aufgegangen‹. Und wenn ich sie auf ihre Müdigkeit anspreche, fehlen ihnen die Worte, um ihre Sesshaftigkeit zu preisen und ihre Heimat zu loben, was sie nicht davon abhält, mir das Leben schwer zu machen …«

»Wieso machen sie dir das Leben schwer?«, wollte David wissen. Gespannt lauschte er den Ausführungen seines Cousins und dachte an seine Abreise.

»Ich bin zum Freiwild geworden: all die jüdischen Mütter und auch viele Väter, muss ich sagen, machen so etwas wie eine Treibjagd auf mich. Mit allen möglichen Mitteln und Strategien versuchen sie mich mit ihren Töchtern zu verkuppeln. Ich werde dir etwas zeigen«, sage er, rannte ins Haus und kehrte mit seinem Terminkalender zurück. »Schau, schau mal, ein Kalender voll mit Adressen und Telefonnummern, endlose Reihen von Chanahs, Rachels, Miriams, Leahs, davon kann einer verrückt werden. Zum Glück sind die Töchter der Landaus bereits verheiratet.«

»Die Landaus?«, David wollte sich kein Detail entgehen lassen.

»Bei denen wohne ich, bei den Landaus. Auch das war arrangiert. Als ich in New York ankam, wurde ich sofort zu ihnen gebracht. Ich muss zugeben, dass sie mich vortrefflich behandeln und es ist rührend zu sehen, wie sie alle Anrufe für mich sorgfältig notieren, gleichzeitig aber kontrollieren sie, ob ich den Nachrichten auch Folge leiste und die Mädchen zurückrufe. Du begreifst, dass ich mich mit der Zeit immer länger in der Bibliothek aufhalte, und so wirkt sich die Treibjagd günstig auf meine Forschungen aus.«

»Aber gibt es denn zu wenig Jungen, ich meine jüdische Jungen? Ich dachte, die jüdische Gemeinde …«, begann David, doch Shaul unterbrach ihn.

»Nein, das hat nichts mit einem Mangel zu tun, ich denke, dass sie meine Herkunft interessant finden. Und ich muss zugeben, dass es meine eigene Schuld ist, ich habe davon erzählt und damit geprahlt. Du kennst das sicher, als Neuer möchtest du Eindruck machen und so habe ich ausführlich über meinen Vater und auch über meine eigenen Erfahrungen beim Militär erzählt. Vielleicht hat es aber auch mit der Tatsache zu tun, dass ich woanders herkomme.« Shaul schwieg und wandte sich wieder dem Fleisch zu, das auf der Parrilla briet. David schwieg und seifte die Motorhaube ein. Leah schwieg, blickte zu David und Shaul und dachte an ihre Väter.

Zwei Könige ohne Väter, dachte sie, nein, zwei Könige, deren Väter abwesend sind. Leah dachte an Amos, Shauls

Vater, den Sabra, den Krieger, den Offizier, der sie mit seiner Leidenschaft überfallen hatte, ihre erste Liebe, die zum Ideal gehörte. Sie dachte an Amos, der sie wie einen Feind geliebt hatte, den man erobern musste. Kampf. Für Amos war alles ein Kampf, und er wusste, wo sein Platz und sein Ziel lagen. Sein Platz war das Kampffeld und sein Ziel war es zu erobern. Auch der Liebesakt war ein Schlachtfeld, auf das sich Leah jedes Mal mit neuen Kräften stürzte, um jedes Mal besiegt aus dem Kampfe zu gehen. Niedergeschlagen, erschöpft war sie dann, doch versuchte sie es immer wieder, auch sie wollte eine Kämpferin, eine Siegerin werden. Vergebens. Nach Shauls Geburt hisste sie die weiße Flagge und verließ das Schlachtfeld. Leah dachte an Chaim, Davids Vater, der ohne Vorwarnung an einem ganz normalen Tag aus dem Leben geschieden war. Chaim, der sich einen Teufel um die Pflicht zu leben geschert und sich eine Kugel in den Kopf gejagt hatte. Chaim, der die Verantwortung beiseite geschoben und das getan hatte, was man nicht tut.

»Ein jüdischer Junge macht solche Dinge nicht«, hörte Leah ihren Vater sagen.

»Falsch«, hatte Leah geantwortet, »ein jüdischer Junge macht solche Dinge schon. Ein jüdischer Junge beschließt keine Antwort mehr zu geben. Er entscheidet sich nicht mehr zu ver-antworten, weder sich selbst noch den anderen gegenüber Rechenschaft zu geben. Er beschließt, sich für die Freiheit, die man nicht preist, zu entscheiden, nämlich die absolute Freiheit, die Freiheit nicht zu sein.«

»Leah, ich habe dich etwas gefragt«, David stand vor ihr.

»Was?« Sie weilte in ihren Gedanken noch bei Amos und Chaim.

»Ich habe dich gefragt, ob du dich freuen würdest, wenn Shaul mit einem jiddischen Mädchen aus New York aufkreuzen würde«, sagte David.

»Ho, ho!« Shaul, der nun ebenfalls vor Leah stand, wandte ein: »Wieso sich freuen? Ich möchte dir etwas sagen. Ich bin überzeugt, dass ich alles ihr verdanke. Einstweilen zerbreche ich mir noch den Kopf, wie sie es geschafft hat, dass sie aber in dieses Komplott verwickelt ist, steht fest.« Er lachte, machte eine tiefe Verbeugung in Leahs Richtung und setzte fort:

»Alle Achtung, Mutter! Ich bin noch nicht dahinter gekommen, aber du hast sicher alles organisiert und jetzt genießt du deine Leistung. Sag David«, Shaul wandte sich an seinen Cousin, »du bist schließlich mit einem jüdischen Mädchen verheiratet, wie denkst du hätte Chawah reagiert, wenn du mit einer Schickse angekommen wärst?«

»Mit einer Schickse?«, David konnte sein Lachen nicht zurückhalten, »mit einer Schickse? Dann wäre die Welt zu klein gewesen, kein Ort wohin ich hätte flüchten können, geschweige denn, ein Ort, um die Schande zu verbergen.«

»Siehst du, siehst du, jetzt begreifst du, warum meine Mutter in das Komplott verwickelt ist. Ma, wahrscheinlich rufst du regelmäßig bei den Landaus an, um zu fragen, ob es geklappt hat. Ja, ich sehe es vor mir.« Die beiden jungen Männer standen vor Leah, David mit dem nassen Schwamm, aus dem bei jeder seiner Bewegungen Wasser tropfte, und Shaul mit der großen öligen Fleischgabel. Sie hatten ihren Spaß und blickten Leah an. Sie warteten auf eine Antwort. Leah war jedoch über die Wendung, die das Gespräch genommen hatte, erstaunt und vermochte bloß sanft zu protestieren:

»Es ist amüsant, euch zuzuhören, wenn ihr so über eure Mütter sprecht ...«

»Nein, nein«, fielen sie ihr ins Wort, »so einfach wirst du uns nicht los. Haben wir nicht Recht? Hätte Chawah es nicht schrecklich gefunden und würdest du es nicht entsetzlich finden: Eine Schickse zur Schwiegertochter und vielleicht noch goische Enkel?« Bevor Leah noch eine Antwort parat hatte, fuhren die beiden fort:

»Hör mal, hör mal,« sie nahmen eine stramme, feierliche Haltung an, David blickte Shaul an und Shaul hielt die fette Gabel, die als Mikrofon herhalten musste, in Sprechhöhe. Das Interview konnte beginnen.

»Herr David, sind Sie bereit, mir bei meiner Studie behilflich zu sein?«, fragte Shaul mit ernster Miene.

»Mit Vergnügen, es ist mir eine Ehre.«

»Wie allgemein bekannt ist, widme ich meine jugendlichen Kräfte einer fundamentalen Untersuchung zum Phänomen ›die jiddische Mame‹. Wie denken Sie über dieses Thema?«

»Fürsorglich, Herr Shaul, ich halte sie für äußerst fürsorglich und liebevoll«, beide blickten Leah an.

»Fürsorglich und liebevoll«, wiederholte Shaul, »völlig richtig, und möchten Sie damit zum Ausdruck bringen, dass sie uns mit Liebe gebären, fürsorglich großziehen, dass sie uns beschützen und verzärteln, dass sie aus uns gesunde, starke Menschen machen, damit wir uns in der Welt zurechtfinden?«

»Genau, Herr Shaul, genau das.«

»Und dann? Dann ziehen wir in die Welt und was geschieht dann?«

»Oh dann, dann …«, sagte David. Die beiden rückten näher zu einander. David legte den linken Arm um Shauls Schultern, und dieser hielt mit dem rechten Arm den Rücken seines Cousins fest. Mit der fetttriefenden Gabel dazwischen richteten sie ihre Augen zum Himmel und wandten sich an die Welt:

»Und dann erfahren wir die große Ernüchterung. Die Welt gehört nicht uns. Mit leeren Augen schauen wir auf all das Schöne, das sich uns anbietet und das uns verboten ist: ›Du sollst nicht von dem Goischen kosten!‹«

Shaul setzte fort: »Als frustrierte Adams tragen wir die Last des Bündnisses und verweilen in endlosem Verlangen und endloser Sehnsucht. Gebückt gehen wir, gebückt unter der Last des Gebots, das niemals deutlich ausgesprochen wurde …« Sie blickten einander an, nickten zustimmend und David sagte: »Ja, das ist es: Sie sagen es nie direkt mit Worten, sie tragen es in ihrem Sein und dadurch bürden sie uns die Last ihres Erbes, ihres Fortbestandes auf. Oh, diese jiddischen Mamen.«

Mit den Armen um die Schulter des anderen beugten sie sich zu Leah, Shaul richtete die Gabel auf sie und die beiden fragten:

»Und Ihr Kommentar dazu?«

»Sie haben völlig Recht. Mea maxima culpa«, antwortete Leah.

»Genau«.

»Stimmt, stimmt …« Sie blickten einander an. »Das ist genau die allumfassende Strategie. Wie sollen wir es nennen? Das ist die apokalyptische Strategie. Die letzte Simulation des Verschwindens. Die fabelhafte Strategie, bei der sich die Referenzperson, in diesem Fall die jiddische Mame, zurückzieht und eine Scheinabwesenheit schafft, die noch schwerer wiegt als ihre Anwesenheit. Indem sie ihre Reue zum Ausdruck bringt, möchte sie uns den Eindruck vermitteln, dass sie sich zurückzieht und uns Raum schafft, damit wir unseren Gang gehen können. Aber wir wissen es besser, ihre sogenannte Abwesenheit ist noch schlimmer als ihre Anwesenheit. Ihre Abwesenheit quält uns und auch das Schuldgefühl, das sie in uns hervorruft. Ein Schuldgefühl, das aus dem Wissen resultiert, dass wir der Grund für ihre ›freiwillige‹ Abwesenheit sind. Nein, Mutter«, fuhr Shaul fort, »das ist nicht genug. Mit Reue kannst du es nicht leimen oder wieder gutmachen. Es gibt kein Tikkun, keine Heilung, die Scherben bleiben.

Die Scherben bleiben und wahrscheinlich muss es auch so sein. Wir sollen nicht vergessen, dass Scherben Glück bringen.«

»Das Fleisch! Das Fleisch!«, rief David und rannte zum Asador.

9. Die Übergabe

Unter einem Sternenhimmel aßen sie das Fleisch, das gerade noch vor der Verkohlung gerettet worden war, und tranken den Wein, den David für diesen besonderen Anlass mitgebracht hatte.

»Wie himmlisch schmeckt doch der Wein«, sagte Leah.

»Ja«, pflichtete Shaul bei, »es ist der Geschmack der Begegnung.« Alle drei erhoben ihr Glas und tranken es leer. David schenkte die Gläser voll. Leah zwang sich mit ihren Gedanken nicht abzuschweifen. Ihre Phantasie kreierte ein Bild, auf dem sie zu viert – auch Chawah war dabei – im Patio saßen. Sie hörte Shaul zu, der etwas über den Wein erzählte.

»Interessant«, sagte Shaul, »ich habe etwas gesagt ohne nachzudenken und jetzt begreife ich den Sinn davon. Als meine Mutter sagte, dass der Wein himmlisch schmecke, habe ich spontan gesagt: ›Das ist der Geschmack der Begegnung.‹ Ich erinnere mich jetzt, dass ich einmal etwas gelesen habe, was damit zu tun hat. Es war in einem Aufsatz eines belgischen Historikers und Schriftstellers, der über die Beziehung zu den Dingen schrieb. Der Mann argumentierte, dass für ihn und seine Frau manche Weine durch die Umstände, unter denen, und die Menschen, mit denen sie diese Weine getrunken hatten, einen besonderen Geschmack bekommen hatten. Wo bleiben die Weinkenner mit ihrer Önologie und ihren objektiven Beurteilungen, die, freilich mit blumigen Ausdrücken, ihre Wissenschaft in Ehre halten müssen? Auch bei Weinen dreht es sich also um Geschichten, wodurch meine Theorie weitere Nahrung erhält. Wie ich schon gesagt habe, sind das Leben, die Geschichte, der Mensch alles Erzählungen. Mitunter endlose, manchmal kurze, manchmal unzusammenhängende, manchmal in harmonischer Kontinuität, wir leben in einem Perpetuum mobile des Erzählens. Wir erzählen aus der Vergangenheit, wir erzählen in die Zukunft hin. Dieser Wein, dieser rote Cafayate, hat heute den Geschmack der Begegnung bekommen und jedes Mal, wenn einer von uns einen roten Cafayate trinkt, möge er diesen Geschmack in den gegenwärtigen Augenblick zurückholen und in den Schluck mitnehmen …«

»Furchtbar kompliziert«, sagte David, der zu viel gegessen und getrunken hatte und nun in seinem Stuhl hing.

»Kompliziert? Spannend, aufregend meinst du wohl«, entgegnete Shaul, »das heißt erzählen, was uns aufregt, verstehst du? Es erregt uns. Kannst du dich an das Spielzeug erinnern, das du mit einer Feder aufziehen musstest, damit es sich bewegte? So sehe ich es. Erzählen ist das, was uns in Bewegung bringt. Da gibt es kein Entkommen. Übrigens, wozu sind wir hier? Hier, in dem Haus unserer Großeltern? Ich bin nicht bloß wegen der Geschichten meiner Mutter gekommen, nicht allein um die Geschichte meiner Mutter zu sehen und zu erleben, sondern auch um die Geschichte zu erzählen und weiter mitzunehmen … wie kann ich dir das erklären …«

»Apropos Haus«, fiel David ihm ins Wort und zu Leah gewandt fragte er: »Hast du dir überlegt, was du mit dem Haus machen wirst? Ich habe alle Papiere, Unterlagen und sogar Mutters Dokumente mitgebracht. Da ich nicht wusste, was du vor hast, habe ich schon einmal alles mitgenommen, was ich bei meiner Mutter gefunden habe.«

»Das Haus, ja das Haus, ich habe schon darüber nachgedacht, was ich mit dem Haus machen werde«, sagte Leah und blickte zu David, der sich kerzengerade aufsetzte, um ihre Pläne zu hören. Shaul schwieg und rutschte auf dem Sessel hin und her. Ihn plagt noch die Feder, dachte Leah und lächelte.

»Ich denke, ich werde das Haus der Dorfgemeinde abtreten«, begann Leah. »Ich muss es besser erklären, abtreten kann ich es nicht, weil wir, wie ich dir bereits erzählt habe, nicht als rechtmäßige Besitzer gelten und das Haus nicht verkaufen oder jemandem übertragen können. Das Haus einfach seinem Schicksal zu überlassen, möchte ich nicht, und wahrscheinlich kann ich das auch gar nicht. So habe ich beschlossen, das Haus der Gemeinde als Leihgabe zu überlassen. Ob das möglich ist, erfahre ich am Montag beim Notar.«

»Wenn ich recht verstehe«, sagte David, »bedeutet dies, dass das Haus Eigentum der Familie bleibt und die Gemeinde die Möglichkeit erhält, es zu benützen, beispielsweise es zu vermieten oder um Menschen darin wohnen zu lassen, damit es nicht verfällt und verloren geht.«

»Ja«, sagte Leah, »das bedeutet aber auch, dass die Gemeinde für die Kosten aufkommt, also die Steuern und die Instandhaltung übernimmt.«

»Eine gute Lösung, clever ausgedacht«, sagte David zufrieden. Leah fühlte sich unbehaglich, sie schmückte sich mit Federn, die nicht allein die ihren waren. Diese Lösung hatte sie gemeinsam mit Chawah ausgedacht und sie wusste, dass Chawah bereits Schritte unternommen hatte, aber Leah hatte keine Lust noch einen Anfall von David zu ertragen, umso mehr als sie sich noch allzu gut an den letzten erinnerte. Sie schwieg daher und ließ David in dem Glauben, dass sie allein auf die Lösung gekommen war.

»Ich habe eine bessere Idee!«, rief Shaul. »Wir nehmen das Haus mit. Wir reißen es nieder, teilen die Steine auf und nehmen sie mit. So kann David auf den Hügeln von Jerusalem ein Haus bauen und wir, Ma und ich, bauen ein Haus in Holland. David wird sich aber beeilen müssen, im Handumdrehen sind alle Hügel voll gebaut, und auch für uns wird es nicht einfach sein einen Platz zu finden, aber es ist doch einen Versuch wert, oder nicht?« Er blickte zu Leah und David, die offenbar keinen Kommentar abgeben wollten.

»Ich meine es ernst«, fuhr er fort, »so setzen wir Großvaters Geschichte fort, und damit auch die Geschichte seiner Eltern. Wir nehmen nicht bloß Großvaters Haus mit, sondern gleichzeitig das Haus unserer Urgroßeltern. Diese Steine sind, wie wir wissen, die Steine von ihrem Haus, den Immigranten, den Nomaden. Phantastisch! Begreift ihr, worum es geht? Wir nehmen buchstäblich die Geschichte der Familie mit – des argentinischen Zweiges versteht sich – und dadurch …«

»Was geschieht mit dem Hausrat, den Möbeln, den Sachen?«, wandte sich David an Leah und schaute seinen Cousin mit einem professionellen Blick an, ein Blick der so viel bedeutete wie: »Noch so ein Neurotiker mit Wahnvorstellungen.«

»Ich schlage vor, wir suchen aus, was wir mitnehmen wollen, und der Rest bleibt hier«, antwortete Leah.

»Noch mehr Zeug«, seufzte David, »ich habe schon die Sachen meiner Mutter. Aber du hast recht, ich werde mit Rachel ausmachen, dass wir nächste Woche kommen und dann werden wir gemeinsam entscheiden, was wir mitnehmen. Ich weiß allerdings schon jetzt, dass es nicht viel sein wird – einfach aus pragmatischen Überlegungen. Das

Hadassah hat uns eine Dreizimmerwohnung besorgt und darauf müssen wir Rücksicht nehmen. Übrigens, ich habe gute Nachrichten, die Wohnung meiner Mutter ist verkauft worden.«

»Gratuliere«, sagte Leah, »eine Sorge weniger.«

»Ma«, Shaul ließ nicht locker, »was hältst du von meiner Idee? Warum sagst du nichts?«

»Es geht nicht, Shaul, glaub mir, es geht nicht.«

»Warum? Es ist bloß eine Frage der Organisation. Wir können die Steine verschiffen, nicht wahr? Ich helfe dir«, sagte Shaul und blickte Leah tief in die Augen.

»Es ist keine Frage der Organisation oder des Transports. Wenn es dich wirklich interessiert, deine Idee, so verlockend sie auch klingen mag, ist nicht gut. Ich meine damit, sie passt nicht zum Haus und nicht zu Großvater. Sie passt nicht zur Geschichte.«

»Darüber würde ich gern mehr wissen«, sagte Shaul.

»Schau, das Haus, die Steine, der Hof, die Bäume, all das ist der Platz deines Großvaters. Er hat hier gebaut, er hat diesen Ort ausgesucht, er wollte es so, und hier ist er geblieben. Das alles gehört zu seiner Geschichte und ich bin überzeugt, dass er es nicht gut gefunden hätte, wenn wir das Haus demontieren und woandershin verpflanzen. Es ist keine Frage von Wollen und Können, der Machbarkeit, sondern eine Frage des Dürfens: Wir dürfen es einfach nicht tun«, erklärte Leah bedachtsam. Es war spät geworden und sie war müde.

»Vielleicht begreifst du nicht, was ich meine, vielleicht habe ich mich nicht klar ausgedrückt, als ich sagte, dass ich die Steine, die Geschichte mitnehmen möchte«, begann Shaul den Versuch seine Argumente nochmals darzulegen.

»Ich glaube, dass ich dich schon richtig verstanden habe«, unterbrach ihn Leah, »gleichzeitig denke ich, dass manche Geschichten, oder zumindest Teile von ihnen, ein Eigenleben führen und dass wir dieses Eigenleben respektieren müssen. Glaub mir, ich würde das Haus gerne mitnehmen, wie ich dir aber schon gesagt habe, geht das nicht, es darf nicht sein.« Sie stand auf und sagte: »Und jetzt müsst ihr mich entschuldigen, ich bin furchtbar müde und möchte schlafen gehen. Gute Nacht und bis morgen«, sie küsste ihre beiden Könige und ging ins Haus.

Am nächsten Tag, einem Sonntag, beugte sich Leah über die Papiere, Akten und Dokumente, die David mitgebracht hatte.

Es war still im Haus. Shaul und David waren unterwegs. Shaul wollte das Dorf erkunden, alles sehen und hören. Er wollte die Erzählungen seiner Mutter, welche die Konturen seiner Kinderjahre gezeichnet hatten, auferstehen lassen.

»Ich möchte durch die Gassen laufen,« hatte er gesagt, »die Fassaden anschauen und anfassen, ich möchte die Plätze, wo meine Mutter gespielt hat, sehen, ich möchte die Synagoge, in der Großvater gebetet hat, riechen. Mit einem Wort, ich möchte das Dorf einnehmen, ich möchte es sehen, ich möchte es hören, ich möchte es fühlen, ich möchte es riechen.«

Und David hatte gesagt: »Komm, ich werde dein Cicerone, dein Begleiter und Führer sein. Ich werde dein Hermes sein und dir helfen, die in vieler Hinsicht unüberschaubare Domäne der Distanz zu überbrücken. Die Domäne der Distanz zwischen dem Heute und dem Gestern, wo die Geschichten verweilen. Ich komme mit dir mit.«

Es war still im Haus. Leah blätterte die Akten durch, die sie bereits kannte, Chawah hatte ihr Kopien gesandt. Es gab keine Papiere oder Aufzeichnungen, die darauf verwiesen, dass Chawah etwas in der Übertragung des Hauses unternommen hatte, doch überraschte sie dies nicht. Chawah hatte, aus welchem Grund auch immer, David nichts davon erzählt, daher war es logisch, dass zwischen den offiziellen Akten nichts zu finden war. Sie untersuchte die Dokumente, die bei den Akten lagen und blätterte in Chawahs Pass. Die Stempel zeugten von Chawahs letztem Besuch, und dem Ausstellungsdatum nach war er noch ein Jahr gültig. Vom Foto lächelte ihr Chawah entgegen. Leah küsste das Lächeln, klappte den Pass zu und legte ihn in die Schreibtischlade.

David nahm nach dem Abendessen Abschied. »Bis zum nächsten Samstag, dann komme ich mit Rachel wegen der Sachen«, rief er aus dem geöffneten Wagenfenster und fuhr weg.

Der Vollmond beleuchtete den Patio, eine sanfte Brise hatte die Hitze des Tages vertrieben. Leah blickte zu den Sternen und suchte das Süderkreuz und die Drei Marien, die einzigen Sternbilder aus ihrer Kindheit, an die sie sich erinnerte. Ihr fiel Shauls Schweigen auf, aber sie fragte nicht. Sie blickte zu den beiden Paradiesbäumen, an denen früher zwei Schaukeln gehangen waren, und zum Asador, den ihr Vater gebaut hatte.

»Mich wundert es, dass dieses Ding noch steht«, sagte sie.

»Welches Ding?«, fragte Shaul und blickte zur Seite, in ihre Richtung.

»Der Asador. Wir haben noch nie so viel gelacht. Mein Vater hatte beschlossen ihn alleine zu bauen. Er kaufte Steine, Sand, Zement und machte sich an die Arbeit. Die ersten beiden Versuche missglückten, das Ding sackte einfach zusammen. Wir alle, Mutter, Chawah und ich, halfen ihm, wir säuberten die heil gebliebenen Steine und kehrten den Platz, bereit für den nächsten Versuch. Beim dritten Mal schaffte er es. Der Viehzüchter wurde auch Maurer«, erzählte Leah. Shaul stand auf, ging zum Asador und strich über die Steine. Mit dem Rücken zu Leah gewandt, sagte er:

»Ich weiß, was wir tun sollen.«

»Was?«

Er drehte sich um, setzte sich wieder, blickte Leah an und verkündete:

»Wir bleiben hier. Das ist die beste Lösung. Wir bleiben einfach im Haus, im Dorf. Für immer. Wir schließen diese Geschichte ab.« Leah sah zu ihrem Sohn. Ihr Trost. Der Sohn des Kämpfers. Ihr Sohn, der vor langer Zeit der Geschichte seines Vaters nachgegangen und auch ein Kämpfer geworden war. Ein Soldat in der israelischen Armee. Ihr Sohn, der die Geschichte seines Vaters hinter sich gelassen hatte und zu ihr zurückgekehrt war. Sie blickte auf seine schwarzen Haare, seine braunen Augen, die kräftige Nase, die kleinen Ohren und die vollen Lippen. Sie blickte auf seinen mageren Körper und seine starken Hände. Sie blickte und begriff nicht, wie Erzählungen funktionierten. Warum nehmen wir die Botschaft von bestimmten Erzählungen an und von anderen nicht? Warum folgen wir bestimmten Erzählungen und anderen nicht?

»Wir haben hier nichts mehr verloren«, sagte sie schließlich, »morgen gehe ich zum Notar und erledige die Angelegenheit mit dem Haus. Es gibt hier nichts mehr zu tun. Natürlich kannst du mir bei den Dingen helfen und auswählen, was du mitnehmen möchtest. Aber bleiben kannst du nicht. Dieser Ort ist kein Ithaka, Shaul, er ist eher ein Ur. Dieser Ort ist eher der Beginn unserer Geschichte und während dieser Reise habe ich begriffen, dass hier nicht das Endziel liegt.«

»Und wo liegt das Endziel?«

»Das weiß ich nicht«, sagte Leah und schwieg.

Montagmorgen. Sie fuhren zum Notar.

»Macht es dir etwas aus, wenn du fährst?«, fragte Shaul. »Ich möchte mir gerne die Landschaft ansehen.« Leah hatte nichts dagegen, sie setzte sich ans Steuer und fuhr Richtung Süden nach Sunchales, zum Notar.

Shaul schwieg und sah vor sich hin. Auch Leah schwieg, sie warf hin und wieder einen Blick auf ihren Sohn und dachte:

Er saugt die Landschaft in sich ein, er möchte die Landschaft mitnehmen, was würde er noch gerne mitnehmen? Mein Geschichtenerzähler wird auch allmählich ein Nomade.

»Kommst du mit zum Notar?«, fragte Leah. Sie näherten sich Sunchales.

»Weißt du, wo du hin musst?«

»Ja, er hat es mir erklärt, sein Büro befindet sich im Zentrum, bei der Plaza«, sagte Leah.

»Ich denke, ich werde eine Runde drehen. Wie lange wird das Gespräch dauern?«

»Nicht sehr lange, vermute ich, wir können uns in einem Straßencafé treffen. Bei der Plaza gibt es sicher eines.«

Leah fand das Gebäude, auf dem der Name des Notars in glänzenden Buchstaben prangte, ohne Probleme. Sie verabredeten sich in einem Café, das auf der anderen Straßenseite lag und trennten sich.

»Doktor Raimondi erwartet Sie«, sagte die Sekretärin und führte Leah in ein geräumiges, kühles Zimmer. Offenbar litt der Doktor unter der Hitze, die Klimaanlage spuckte wie besessen kalte Luft aus. Der Doktor stand auf und sagte:

»Frau Leah Braunstein, nehme ich an.« Er schaute sie freundlich und zugleich erstaunt an.

»Sehr angenehm«, sagte Leah. Sie nahm Platz auf dem Stuhl, den er ihr angewiesen hatte und wartete.

»Sie sehen Ihrer Schwester sehr ähnlich«, begann Raimondi das Gespräch. Er blickte auf den geöffneten Aktenordner und fuhr fort: »Vor vier Monaten war Ihre Schwester bei mir. Seither habe ich nichts mehr von ihr gehört, alles in Ordnung mit ihr?«

»Ja, ja«, erwiderte Leah und wartete.

»Es geht, wie Sie wissen, um das Haus Ihrer Eltern. Mit Ihrer Schwester, Frau Chawah Braunstein, haben wir ein Konzept entworfen. Ein Konzept, das ich inzwischen ausgearbeitet habe und das Sie nun unterschreiben können. Dass Sie gekommen sind, macht die Sache einfacher, andernfalls hätten Sie das Dokument bei der argentinischen Botschaft in Den Haag unterzeichnen müssen. Wie ich Ihrer Schwester schon mitgeteilt habe, genügt es, dass Sie beide die Vollmacht unterzeichnen, da Ihre Eltern in dem Haus gewohnt haben. Eine Einwilligung der anderen Parteien ist nicht erforderlich.« Raimondi sprach leise und langsam, Leah blickte auf das Aktenstück und tat, als ob sie darin läse. Sie musste nachdenken. Hier wurde bestätigt, was sie bei dem Telefongespräch mit Raimondi vermutet hatte: der Mann wusste nichts von Chawahs Tod. Sie nahm die beiden Namen am Ende der Akte nur verschwommen wahr, Chawahs Namen links und ihren Namen rechts.

»Sie sind doch über alles informiert, nehme ich an,« hörte sie Raimondi fragen.

»Ja, ja, ich bin im Bilde. Soweit ich verstehe, geht es nur um die Unterschrift, dass wir dann das Haus an die Gemeinde übergeben können«, sagte sie und blickte Raimondi an.

»Beinahe«, antwortete er. »Wie Sie sehen, steht hier kein Datum. Das Datum, an dem die Gemeinde das Haus in Gebrauch nehmen kann und ab dem sie für die Lasten aufkommen muss. Übrigens, ist die Gemeinde mit dieser Regelung einverstanden?«

»Ja, meine Schwester hat darüber mit den zuständigen Personen gesprochen und sie waren einverstanden. Was das Datum betrifft, das überlasse ich meiner Schwester. Wenn es weiter nichts gibt, werde ich jetzt unterschreiben. Hier ist mein Pass.« Raimondi rief seine Sekretärin und bat sie, eine Kopie des Dokuments anzufertigen, danach schrieb er die Nummer unter Leahs gedruckten Namen und sagte:

»So, Sie können jetzt unterschreiben.« Leah ergriff die Füllfeder, die Raimondi ihr reichte, und setzte ihre Unterschrift unter ihren Namen.

»Meine Schwester wird mit Ihnen einen Termin vereinbaren und zur Unterzeichung vorbeikommen«, sagte sie, stand auf, dankte Raimondi und verließ das Büro.

Im Café suchte sie einen Platz in der Sonne. Sie fror, vielleicht von der Klimaanlage, vielleicht von den Lügen. Sie war froh, dass Shaul noch nicht da war. Sie musste alles auf die Reihe kriegen. Sie wusste nicht genau, wann in ihr die Idee entstanden war, bei Raimondi war es ihr auf einmal klar geworden. Sie würde Chawah mitnehmen. Sie würde auch Chawah sein. Sie würde Chawahs Dokumente verwenden und ihre Identität annehmen. Sie würde Argentinien mit Chawahs Pass verlassen, das ersparte ihr zudem Zeit und Papierkram, da sie keinen argentinischen Pass beantragen musste, und sie würde als Chawah nach Holland zurückkehren. Das ging, sie wusste, dass es ging. Sie würde Chawah mitnehmen und so beide, Chawah und Leah, sein. In Holland würde sie, als Leah, eine Aufenthaltsgenehmigung für Chawah organisieren. Das musste klappen. Leah würde für Chawah Bürgschaft leisten, das ging, aufgrund ihrer ökonomischen Situation konnte sie beweisen, dass sie imstande war für Chawah zu sorgen. Und am Klingelschild des Appartementhauses in Rotterdam würde sie Chawahs Namen anbringen lassen. Sie wusste, dass es ging, sie würde Chawah mitnehmen. Leah war aufgeregt. Der Auftrag, die Reise begann an Bedeutung zu gewinnen, sie hatte nun ein konkretes Ziel. Sie holte einen Kugelschreiber aus ihrer Tasche, schnappte sich vom Tisch eine Serviette und begann eine Liste aufzustellen.

»Gut nachdenken, Leah«, murmelte sie, »gut nachdenken, welche Papiere du mitnehmen musst, Pass, Geburtsurkunde, Personalausweis, den Trauschein der Eltern und ihre Sterbeurkunden. Wahrscheinlich werde ich beweisen müssen, dass Chawah allein zurückgeblieben ist, und als Argument kann ich humanitäre Gründe und Familiennachzug geltend machen. Ja, ich werde Davids Existenz verschweigen. Ich werde erzählen, dass Chawah allein zurückgeblieben ist. Dass sie, auch aufgrund ihres Alters, ihre Arbeit verlor, dass sie hier keine familiären Bande oder Verpflichtungen mehr hat und daher bei mir in Holland leben möchte. Ja, ja, aber überstürz die Dinge nicht«, sprach Leah zu sich, »zuerst muss die Angelegenheit mit dem Haus geregelt werden. Ich werde als Chawah unterzeichnen, das steht fest, ich muss zuerst üben, damit mir ihre Unterschrift gelingt.«

»Ist alles gut gelaufen?«, Shaul stand mit einer vollgestopften Plastiktüte vor ihr.

Leah steckte schnell die Serviette in ihre Handtasche und sagte: »Alles ist gut gelaufen.« Sie deutete auf die Plastiktüte und fragte: »Hast du hübsche Dinge gekauft?« Shaul nickte und setzte sich neben sie. Aus der Tüte brachte er eine Kamera zum Vorschein und begann sie zu studieren. Er öffnete das Batteriefach, holte aus seiner Hosentasche eine Batterie hervor und steckte sie hinein, danach nahm er eine Filmrolle aus der Tasche und spannte sie in die Kamera. Er machte Fotos von Leah, vom Café, von der Straße. Dann nahm er aus der Tüte Hefte, Notizblöcke und Schreibutensilien, legte sie in ordentlicher Unordnung auf den Tisch, reichte Leah die Kamera und sagte:

»Mach mal ein Foto von mir, mit den Sachen. Das ist der Anfang meines Buches, besser gesagt, von der Chronik, die ich schreiben werde. Ich werde das Dorf und Großvaters Geschichte auf Papier und Zelluloid bannen.«

Auf der Rückfahrt ins Dorf machte Shaul noch mehr Fotos, Leah konzentrierte sich auf das Fahren. Die Mittagssonne brannte gnadenlos und die nackte Wirklichkeit drängte sich ihr auf. Das grelle Licht brachte ihre Augen zum Tränen. Leah hatte den Eindruck, dass auch ihre Gedanken durch das Licht entkleidet würden, sie zwang sich daher, nicht an ihre Pläne zu denken.

Das Licht duldet keine Geheimnisse, dachte sie.

»Da liegt das Dorf«, sagte Shaul und Leah nickte.

10. Abschied

Die Zeit des Handelns war angebrochen. Leah merkte, dass sie sich allmählich von der Lähmung erholte, die der Schock ausgelöst hatte. Bestimmte Ereignisse sind einfach zu groß, zu mächtig, dass man sie erfassen kann und dass sie Teil von einem selbst werden. Chawahs Tod war so ein Ereignis und die Nachricht hatte einen Schock bei Leah hervorgerufen. Am Anfang war sie wie gelähmt. Ein Stillstehen der Zeit. Danach kamen die Gefühle der Entfremdung, der Ungeborgenheit und Unsicherheit, die sie in ein raumloses Nichts stellten. Leere. In dieser Zeit unternahm sie endlose Spaziergänge. Sie wanderte. Sie wanderte ohne Ziel. Sie wanderte durch Straßen, Parks, Wälder, Strände entlang. Sie wanderte und wanderte, um den Raum zu füllen. Sie wanderte, um die Leere zu überwinden. In der Kälte, durch Regen und Wind, sie wanderte bis sie erschöpft war. Danach kam die Wut. Sie war wütend. Die Wut nagte und nagte. Sie fraß all ihre geistigen Kräfte auf und versetzte sie in Angst. Leah wusste sich keinen Rat mehr, sie war dem nicht gewachsen. So nagte die Wut an ihr weiter und sie geriet in einen apathischen Zustand, in dem sie sich wie ein Automat durch den Tag schleppte. In dieser Zeit hatte sie das Flugticket gekauft.

Taten setzen, darum ging es, Leah wusste das. Handeln, auf die Situation reagieren, darum ging es. Die Verantwortung auf sich nehmen, indem man Antwort gibt. Was aber, wenn man keine Antwort hat? Diese Frage nagte an Leah und jetzt hatte sie endlich eine Antwort. Die Entscheidung Chawah mitzunehmen, Chawah zu werden, war ihre Antwort auf die Situation. Nun, da Leah wusste, was sie zu tun hatte, konzentrierte sie ihre ganze Energie auf die Vorbereitungen. Sie schrieb endlose Listen. Listen, was sie tun musste, Listen von Dingen, an die sie denken musste, andere Listen mit Dingen, die sie nicht vergessen durfte, Listen mit Dingen, die sie mitnehmen wollte. Sie machte riesige Stöße mit den Sachen, die sie in den Schränken und Schubladen gefunden hatte. In allen Zimmern lagen Stapel. Stapel und Schachteln. Volle Schachteln. Leere Schachteln. Und überall lagen Zetteln. Auf den vollen Schachteln lagen Zetteln, auf denen der Inhalt vermerkt war. Oben auf den Stapeln lagen Zetteln, die den Stapelinhalt angaben. Und Zetteln kennzeichneten jene Stapeln, die zum Verbrennen bestimmt waren.

»Es sieht hier wie in einem Irrenhaus aus!«, jammerte Ramona. »So kann ich nicht aufräumen. Was ist denn hier los?«

»Nichts. Du brauchst nicht aufzuräumen, das Haus ist sauber«, antwortete Leah und widmete sich weiter dem Stapeln, Zettelschreiben und Üben.

Üben. Stundenlang schloss Leah sich ins Arbeitszimmer ihres Vaters ein und übte. Mit Bleistift, mit Füllfeder, mit Kugelschreiber, auf weißem Papier, auf liniertem Papier, auf Karton und sogar auf Servietten übte sie, doch war sie mit dem Resultat nicht zufrieden. Chawahs Handschrift widersetzte sich Leahs Bemühungen.

»Es muss gelingen, es muss doch gelingen«, Leah sprach sich Mut zu und betrachtete beide Unterschriften. Ihre Unterschrift, die flott und offen war, die aussah, als flösse sie von selbst aus der Feder, mit Buchstaben, die sich geschmeidig dem Papier auslieferten. Entspannt und wohlwollend reihten sich die Zeichen aneinander und enthüllten den Namen: Braunstein; Leah unterschrieb mit ihrem Familiennamen. Chawahs Unterschrift dagegen war ein Kokon. Es begann bei dem C, das unvorhersehbare Kringel erzeugte, es schien, als wolle das C seine eigentliche Form nicht preisgeben. Danach kamen die übrigen Buchstaben, die den Vor- und den Nachnamen ausmachten, die aber so dicht aneinander gepresst waren, dass man sie kaum voneinander unterscheiden konnte. Das N streckte sich zu einer endlosen Linie, die alle Zeichen mehrmals umringte und sich schließlich zum C gesellte und das Ganze in einem Würgegriff umschloss. Keine Luft, keine Öffnung, kein Zugang. Leah kämpfte und redete der Unterschrift zu:

»Was ist mit dir los? Warum lässt du mich nicht hinein, damit ich dich mir aneignen kann? Um nochmals zum Leben zu kommen? Warum diese Feindseligkeit und diese Ablehnung?«

»Selbst schuld«, tönte Chawahs Stimme aus der Unterschrift.

»Wieso?«, fragte Leah und ringelte wütend das C auf das Papier.

»Du hast die Abmachung vergessen.«

»Die Abmachung? Wieso vergessen?« Und das Kringeln wollte nicht gelingen.

»Wir sollten die unvermeidliche Einsamkeit gemeinsam ertragen. Das war unsere Abmachung. Wir sollten das Leben gemeinsam ertragen. Kannst du dich noch erinnern?«

»Sicher, und das haben wir doch getan«, sagte Leah. »Oder vielleicht nicht? Ich war immer bei dir und du warst immer bei mir. Immer.« Das C begann sein Kringeln preiszugeben.

»Dummes Zeug. Du hast mich verlassen. Du bist weggegangen. Du wolltest unbedingt deiner Stimme folgen. Auf meine Stimme hast du nicht gehört.«

»Jawohl, und das weißt du nur allzu gut, das habe ich dir mehrmals gesagt. Deine Stimme war bei mir, immer bei mir. Ich bin weggegangen, um Platz zu machen, um unseren Stimmen Platz zu machen. Das weißt du doch? Darüber haben wir doch gesprochen«, sagte Leah und blickte zufrieden auf das gekringelte C auf dem Papier.

»Darüber haben wir viel gesprochen. Trotzdem habe ich dein Weggehen immer als eine Ablehnung empfunden. Trotz all meiner Bemühungen habe ich mich von dem Gefühl des Losgekoppeltseins nicht befreien können und immer wie eine Irrende ohne Richtung und ohne Halt gelebt. Trotz all deiner Erklärungen habe ich es nie begriffen.«

»Ich weiß es auch nicht. Ich weiß nicht, wie die Dinge funktionieren. Ich habe dich so geliebt, ich liebe dich so, ich werde dich immer so sehr lieben. Lass mich dich mitnehmen. Endlich für immer und überall zusammenbleiben«, murmelte Leah und zu ihrem Erstaunen sah sie, wie das N sich zu einer endlosen Linie ausdehnte, alle Zeichen umarmte, sich zum Kringel des C fügte und eine perfekte Imitation von Chawahs Unterschrift auf dem Papier erschien. Sie hatte es geschafft!

Die Zeit des Handelns war herangebrochen und die Tage gingen schnell vorbei. Leah stapelte die Sachen zu einem Haufen, damit David und Rachel am Samstag ihre Auswahl treffen konnten. Was sie mitnehmen würde, stand fest. Sie würde Chawah mitnehmen. Auch die Briefe würde sie mitnehmen. Über alle Schubladen und Schränke verstreut hatte Leah ihre Briefe gefunden. All die Briefe, die sie im Laufe der Jahre ihren Eltern geschrieben hatte, hatte ihre Mutter nicht zu Päckchen gebunden, sondern an verschiedenen Stellen im ganzen Haus aufbewahrt.

So als ob die Mutter mich überall antreffen wollte, dachte Leah und ordnete geduldig die Briefe nach ihrem Datum, band sie zusammen und legte sie in die Schachtel, in der sich ihre Briefe an Chawah befanden.

»Eine Schachtel voller Zeichen, Worte und Sehnsucht«, flüsterte sie.

Shaul hatte sich im Wohnzimmer niedergelassen. Der große Tisch war mit seinen Büchern, Mappen, Ausschnitten, Notizen bedeckt und auf dem Boden standen die Schachteln, in die er hineinstopfte, was er mitnehmen wollte. Und er durfte viel mitnehmen. Irgendwie hatte er die richtigen Dorfbewohner für sein Projekt zu begeistern vermocht und die wenigen, wichtigen Türen taten sich vor ihm auf. Die Bibliothek und das Archiv des Centro Cultural Israelita standen zu seiner Verfügung, und er durfte nach Belieben Bücher und Akten wegschleppen. Das Centro war schon lange nicht mehr in Betrieb, bloß die Putzfrau öffnete einmal im Monat die Türen, und man wusste sich keinen Rat gegen die Feuchtigkeit, die Mäuse und die Kakerlaken, die Spuren der Verwüstung hinterließen.

»Dann lieber diesem enthusiastischen jiddischen Jungen die Möglichkeit geben zu retten, was er retten kann, er ist schließlich das Kind einer Dorfbewohnerin«, resümierte Shaul, als er Leah von seinen Begegnungen erzählte.

»Gleichzeitig sehen sie in dir ihren letzten Strohhalm«, fügte Leah hinzu.

»Was meinst du damit?«, fragte Shaul.

»Ich kann mir gut vorstellen, dass sie von deinem Projekt begeistert sind, dass sie dir helfen und dich unterstützen. Sie sehen in dir die letzte Möglichkeit, die einzige Möglichkeit vielleicht, ihre Angst zu bezwingen.«

»Angst? Welche Angst?«, fragte Shaul neugierig.

»Die Angst vor dem Vergessen. Siehst du das nicht? Das Dorf ist tot. Ich meine, es ist fast niemand mehr da. Und mit niemand meine ich, niemand von den ursprünglichen Einwohnern. Die Gemeinde, die jüdische Gemeinde, ist verschwunden. Die paar Juden, die noch hier sind, vegetieren in ihren Erinnerungen und begreifen nur allzu gut, dass ihr Tod das Ende aller Erinnerungen bedeutet. Und was sind wir ohne Erinnerungen? Was sind wir, wenn wir begreifen, dass sich niemand mehr an uns erinnern wird? Was sind wir, wenn nach unserem Tod kein Heimweh bleibt? Sieh dir nur all die Bücher an, lies die Akten, dann wirst du es verstehen. Ein vielversprechender Beginn. Eine blühende Vergangenheit. Hundert Jahre jüdisches Leben. Eine quirlige jüdische Schule, eine lärmende Synagoge, ein jüdisches Kulturzentrum. Ein Lobpreis an das Leben. Und was siehst du jetzt? Öde und Stille. Bücher, die niemand liest. Thorarollen, die niemand küsst. Shaul, du bist ihr Erlöser. Du bewahrst sie vor dem Vergessen. Das tun Geschichtenerzähler doch, nicht wahr?«, fragte Leah und sah Shaul zu, wie er Bücher und Archive in den Schachteln verstaute.

Shaul wird das Dorf mitnehmen und sie wird Chawah mitnehmen. Leah war zufrieden, umso mehr als Shaul ihr ohne es zu wissen half. Durch ihn bekam sie alle Papiere, von denen sie dachte, sie würde sie brauchen. Shaul wollte die Geschichte so getreu wie möglich wiedergeben und machte am Gemeindeamt Kopien von allen Dokumenten, die in seinen Augen von Bedeutung waren.

»Schau, Ma«, sagte er zu Leah, »hier habe ich die Geburts-, Trau- und Sterbeurkunden der Großeltern«, und Leah antwortete: »Toll, die hätte ich auch gerne«, und

Shaul machte Kopien von allem, was Leah wollte. Shaul half ihr. Er erzählte ausführlich von den Menschen und dem Dorf, von den leerstehenden Gebäuden und von den Anekdoten und Geschichten, die er von den Dorfbewohnern gehört hatte und die er sorgfältig zu Papier brachte.

Das macht den Besuch im Dorf überflüssig, dachte Leah, Shaul bringt das Dorf zu mir. Shaul half ihr. Ohne es zu wissen, machte er sie auf Dinge aufmerksam, an die sie nicht gedacht hatte. Wie etwa die Frage nach dem Ticket.

»Ma, du musst mich erinnern, dass ich meinen Flug bestätige.«

»Ja«, antwortete sie und ging ins Arbeitszimmer ihres Vaters und schrieb auf die Liste: Ticket kaufen. Sie würde ein neues Flugticket kaufen müssen. Nicht nur, weil das, das sie hatte auf ihren Namen ausgestellt war, sondern auch um eventuelle Komplikationen zu vermeiden. Sie wusste, dass man sie in Schiphol bei der Passkontrolle nach ihrem Retourticket fragen könnte. Es war dies eine – zwar naive – Maßnahme, um sicherzustellen, dass der betreffende Ausländer das Land auch wieder verlassen würde.

Schließlich, dachte Leah, darf ich mich nicht gleich zu Beginn durch dumme Kleinigkeiten in Schwierigkeiten bringen. Chawah musste ohne Komplikationen nach Holland kommen.

Die Tage verliefen im Nu. Leah stapelte weiter, schrieb Listen, strich erledigte Dinge heraus, schrieb Zettel und übte – Chawahs Unterschrift bot keine Geheimnisse mehr. Sie vereinbarte in Chawahs Namen einen Termin beim Notar, reservierte auch auf Chawahs Namen beim Reisebüro von Aerolineas in Sunchales ein Ticket Buenos Aires-Amsterdam-Buenos Aires.

Samstagmorgen, an Leahs drittem Samstag im Dorf, trafen David und Rachel ein. Sie blickten erstaunt auf die Stapel und Leah bemerkte die Panik in Davids Augen.

»Erschrick nicht«, sagte sie, »du brauchst nicht alles mitzunehmen. Ich wollte eine Übersicht haben, was alles da ist. Nimm dir, was du möchtest, dann werde auch ich ein paar Dinge aussuchen, danach möchte ich Ramona auswählen lassen und den Rest lege ich in die Schränke zurück.« Es schien, dass David Probleme hatte mit dem, was er die »Sezierung« nannte.

»Das erinnert mich an eine Autopsie«, bemerkte er, »all die Dinge lose nebeneinander, wie ausgediente Eingeweide, die nichts miteinander zu tun haben. Und gerade dieses Beieinandersein verleiht den Dingen ihren Sinn. Großvaters Haus ist ein Ganzes und wenn ich mir das hier anschaue, kann ich kaum mehr etwas davon erkennen.«

Rachel kam ihm zu Hilfe: »Dann machen wir es uns leicht und wählen nur die Dinge aus, die wir brauchen.« David stimmte zu, überließ ihr die Angelegenheit und machte sich mit Shaul auf den Weg ins Dorf.

Am Abend saßen sie alle im Patio. Leah blickte auf das glimmende Feuer, in dem der Rest der Dinge, die sie gemeinsam aus dem Haus getragen und angezündet hatten, mit schwachen Zuckungen seinem unausweichlichen Schicksal entgegenging.

Morgen wird davon nur mehr die Asche übrig sein. Und später wird die Asche mit dem Wind und dem Regen ihren eigenen Weg gehen. In kürzester Zeit wird selbst die verbrannte Erde ihre ursprüngliche Struktur zurückerhalten und letztendlich werden keine Spuren bleiben, überlegte sie.

»Wie war es beim Notar?«, fragte David.

»Gut«, sagte sie. »Übrigens muss ich dich um Rat fragen, was das Datum betrifft.«

»Erzähl, mich interessiert, was ihr ausgemacht habt.« David sah Leah an. Diese legte den Inhalt der Vereinbarung dar und sagte, dass sie noch einmal zum Notar müsse, um die Urkunde zu unterschreiben und das Datum zu fixieren.

»Was das Datum betrifft, möchte ich gerne deinen Rat. Schließlich bist du derjenige, der hier am längsten bleibt. Meine Frage an dich: Welches Datum soll ich angeben?«

»Das ist nicht so leicht«, begann David zögernd, »wir sind zwar mit unseren Vorbereitungen weitergekommen, ich kann aber noch nicht sagen, wann wir aufbrechen werden. Ich denke auch, dass ich vor meiner Abreise noch einmal ins Dorf kommen möchte. Wann gehst du zum Notar?«

»Ich habe einen Termin für nächsten Dienstag«, sagte Leah und fügte hinzu: »Ich denke, wir haben zwei Möglichkeiten: erstens ein so spätes Datum festzusetzen, dass du sicher sein kannst, dass du dann schon lange weg bist, zweitens, könnten wir in dem Akt einen Paragraphen aufnehmen, der besagt, dass du vor deiner Abreise das Datum bekannt gibst.«

»Die zweite Möglichkeit bedeutet, dass ich vor meiner Abreise zum Notar gehen muss«, stellte David fest, »und ehrlich gesagt, habe ich keine Lust noch extra Dinge zu erledigen. Mir scheint das Beste, wenn du einfach ein Datum wählst. Was meinst du, Rachel?«

»Es ist mir recht«, sagte sie, »und falls wir früher aufbrechen, wird sich Ramona um das Haus kümmern. Ich habe aber noch eine andere Frage, muss nicht auch David unterschreiben? Er nimmt doch jetzt Chawahs Platz ein, oder nicht?« Sie blickte Leah an. Leah, die diese Frage in ihren Vorbereitungen einkalkuliert hatte, reagierte ohne zu zögern.

»Chawah hat bereits unterzeichnet«, sagte sie und wartete auf Davids Angriff. Der Angriff blieb aus. David schwieg.

»Wieso?«, fragte Rachel und blickte zu David. David zeigte kein Interesse und wartete ab. Leah erzählte, dass sie bei Chawahs letztem Besuch in Holland darüber gesprochen hatten und dass Chawah kurz vor ihrem Tod die ersten Schritte unternommen und den Akt unterzeichnet hatte. Ohne Datum, das Datum würden sie bekannt geben, wenn es so weit war.

»Setze ein Datum in drei, vier Monaten fest«, sagte David und gab damit zu verstehen, dass für ihn die Angelegenheit erledigt war.

Am nächsten Tag nahmen David und Rachel von Shaul mit dem Versprechen Abschied, einander in Israel wiederzusehen. Sie verabredeten sich mit Leah, die auf ihrer Rückreise noch einen Tag in Santa Fé verbringen würde. Dann luden sie die Sachen, die sie ausgesucht hatten, ins Auto und fuhren los.

»Bist du aber chic!«, rief Shaul. Leah hatte sich größte Mühe gegeben. Sie hatte sich stark geschminkt; einen Teil des Haares trug sie hochgesteckt und an der linken und der rechten Schläfe fielen lose zwei Locken herunter. Aus ihrer Garderobe hatte sie ein fröhliches buntes Kleid, einen dünnen Schal und ihre roten Lieblingssandalen ausgewählt. Sie ging zum Notar. Zum ersten Mal war sie Chawah.

»Fein, dass du es chic findest«, antwortete sie mit einem Gefühl von Zufriedenheit, »kommst du mit?«

»Ich bleibe lieber hier,« sagte Shaul, »die Zeit drängt und ich möchte noch so viel tun. Wenn es dir aber unangenehm ist alleine zu fahren, komme ich natürlich mit.«

»Nein, schon gut. Es wird nicht lange dauern. Ich bin danach gleich wieder zurück. Soll ich dir etwas mitbringen?« Shaul dachte einen Augenblick nach, musterte den vollen Tisch und stellte fest: »Nein, danke. Ich habe alles.«

Leah fuhr zum Notar. Auf dem Nebensitz lag ihre Handtasche mit Chawahs Pass und in Gedanken übte sie weiter.

»Ich heiße Chawah, Chawah Braunstein. Ganz einfach, ich muss bloß den Namen behalten, der Rest ist selbstverständlich, Ort und Geburtsdatum, Eltern. Chawah, Chawah Braunstein und ich habe eine Zwillingsschwester, die Leah heißt.«

Bei Raimondi dröhnte die Klimaanlage und auf dem Schreibtisch lagen bereits die Dokumente. Er schaute Leah neugierig an, hüstelte, zögerte, ordnete die Füllfedern und den Krimskrams, der auf der glänzenden Holzoberfläche verstreut war und sagte:

»Sie sehen Ihrer Schwester sehr ähnlich, aber auf den zweiten Blick gibt es doch Unterschiede«, er wurde rot, ergriff eine der Urkunden und begann daraus vorzulesen. Leah hörte schweigend zu. Sie hielt den Schal vor den Mund. Bei ihrem Eintreten hatte sie, den Schal auf den Lippen und undeutlich sprechend, erklärt, dass sie eine leichte Halsentzündung habe, die sie beim Sprechen behindere.

Die Sprache darf die Tarnung nicht verraten, hatte sie bei ihren Vorbereitungen überlegt. Nachdem sie das Datum bekannt gegeben und Raimondi es in die Akten eingetragen hatte, wurde von Chawahs Pass eine Kopie angefertigt und Leah setzte Chawahs Unterschrift auf die drei Urkunden.

»Eine für Sie, eine für Ihre Schwester und eine für die Dorfgemeinde«, erklärte Raimondi.

Mit den Dokumenten in der Hand begab sich Leah ins Reisebüro, um das Flugticket abzuholen, das für Mittwoch, den neunzehnten März, ausgestellt war. Chawah würde am Donnerstag, dem zwanzigsten März, in Holland ankommen.

Sie saßen in der Küche. Leah hatte beschlossen, Shaul nicht mit der Bitte zu belästigen, er möge den Wohnzimmertisch abräumen, sie fand, dass auch die Küche für die Feierlichkeit reichen würde. Sie hatte in Sunchales eine pompöse Torte gekauft, die sie den beiden Vertretern der Dorfgemeinde nun zum Kaffee anbot. Auch Ramona und Shaul waren anwesend. Der Presidente Comunal – zu so einem kleinen Dorf passte der Titel eines Bürgermeisters nicht – trug seinen besten Anzug und fühlte sich nicht wohl. Er sprach langsam und leise, als rezitiere er einen Text, den er zuvor auswendig gelernt hatte. Er begann mit seiner Kondolenz zum Tod von Chawah, mit der er, was er als eine Ehre ansah, einige Gespräche geführt, und die er als weise, gebildete Person betrachtet habe. Danach erging er sich in Lobpreisungen des Herrn Bernardo Braunstein, den er leider nicht persönlich gekannt habe, dessen Foto jedoch in seinem Amtszimmer hinge. Das Dorf habe Herrn Braunstein, der so lange und voller Hingabe Presidente Comunal gewesen war, nicht vergessen. In der Folge erläuterte er, dass die gesamte Dorfgemeinde in seinem Namen Leah für das Haus danken wolle und dass er Leah, falls sie darauf Wert lege, über die Pläne und Ideen für das Haus informieren werde. Leah hatte kein großes Interesse daran. Sie vermochte sich nicht vorzustellen, dass das Haus dem Dorf etwas bedeuten könne, es gab genügend leer stehende Häuser. Sie wollte jedoch den Mann nicht mit ihrer Gleichgültigkeit verletzen und nickte daher zustimmend.

Sie hörte nicht zu. Sie blickte auf das Bild vor sich. Sie blickte zu Ramona, die im Haus geblieben war und immer bleiben würde. Sie blickte zu Shaul, der an den Lippen des Gemeindevorstehers hing und sich auf einem Notizblock Aufzeichnungen machte. Shaul, der die Geschichte mitnehmen und fortsetzen wollte. So funktioniert es wahrscheinlich, dachte Leah, durch Zufall oder durch Fatalismus werden wir von Geschichten berührt. Oder vielleicht ist es so, dass wir in den Geschichten verweilen und es ist bloß eine Frage des Erwachens, des auf einmal Begreifens, dass wir eine bestimmte Geschichte erleben. Sie blickte auf den Sekretär der Dorfgemeinde, der bisher kein Wort gesprochen und den Blick beharrlich auf das Tischtuch geheftet hatte und zu jedem Wort des Gemeindevorstehers nickte. Sie sah sich selbst, wie sie in der Küche des elterlichen Hauses saß, bereit, das Haus als Leihgabe abzutreten, in dem Wissen, dass Shaul in ein paar Tagen aufbrechen würde, zuerst nach New York, wo er noch einen Monat zu tun hatte, um danach nach Holland zurückzukehren. In dem Wissen, dass sie in einer Woche wieder in Holland sein würde. In dem Wissen, dass dieser Tag das Ende eines vierzig Jahre währenden Abschieds war. Sie sah sich selbst und konnte nicht begreifen, warum sie nichts fühlte, keinen Kummer, keinen Schmerz, kein Heimweh. Nichts. Sie saß einfach da und schaute.

Teil II

11. Leah

Montag. Regen. Es war plötzlich kalt, grau und nass geworden. Und alles an einem Montag. Ich habe Probleme mit Montagen. Einerseits kündigt dieser Tag einen Beginn an, etwas, das den Klang des Unvorhersehbaren und der Erwartung besitzt. Abenteuer. Zum anderen kündigt der Montag zugleich auch ein Ende an. Das Wochenende ist vorbei und der Ruf nach Taten meldet sich an. Ich habe Probleme mit Montagen.

Mit Mühe kroch ich aus dem Bett. Auf dem Weg zum Bad betrat ich mein Arbeitszimmer und warf einen Blick auf den Kalender. Vielleicht war darin etwas eingetragen, das meine Stimmung heben würde. Mit schläfrigen Augen las ich meine Handschrift: elf Uhr: Leah Braunstein. Doch etwas Unerwartetes, dachte ich. Unter der Dusche versuchte ich mir vorzustellen, wer sie war. Es gelang mir nicht, ich konnte mir kein Bild zu dem Namen machen. Aber ich konnte mich an das Telefongespräch erinnern. Die Stimme hatte unsicher, zögernd geklungen und das Gespräch war mühsam und unzusammenhängend verlaufen. Am Telefon wollte Leah Braunstein nicht viel erzählen, doch hatte sie den deutlichen Wunsch mich zu sprechen, und so vereinbarten wir einen Termin. Damals schien die Sonne, erinnerte ich mich.

Schlag elf Uhr stand sie vor meiner Türe. Eine kleine zarte Frau mit einer wild gelockten Frisur, tiefbraunen

Augen und dem Anflug eines Lächelns auf den nachgezogenen Lippen. Ich vermochte mich nicht zu erinnern, dass ich sie je getroffen hatte und meine Neugierde wuchs. Ich führte sie in mein Arbeitszimmer und schenkte Kaffee ein. Nach dem ersten Schluck begann sie zu sprechen.

»Wir kennen einander nicht. Jedenfalls haben wir nie miteinander gesprochen. Vielleicht haben wir gemeinsame Freunde oder Bekannte. Wir haben vor zwei Wochen dieselbe Veranstaltung besucht, die Eröffnung der Art Gallery für geladene Gäste.«

»Das stimmt«, antwortete ich, »ich bin auch dort gewesen.«

»Ja«, sagte sie unverzüglich und schaute mir gerade in die Augen. »Ja, Sie waren auch dort und darum bin ich hier.« Ich erwiderte ihren Blick und zog die Brauen hoch bis sie einen fragenden Ausdruck annahmen.

»Wie soll ich beginnen …«, begann sie mit Zögern, »ich habe nämlich an diesem Abend zufällig ein Gespräch aufgefangen. Sie sprachen mit anderen Menschen und ich stand in geringer Entfernung und konnte mithören. Es war nicht wirklich ein Gespräch, eher ein Monolog, Sie sprachen und die anderen hörten zu. Ich habe nicht alles mitgekriegt, aber das, was ich aufschnappte, fand ich interessant und so beschloss ich, mit Ihnen Kontakt aufzunehmen.«

»Schön«, sagte ich, »im Augenblick kann ich mich nicht erinnern, worum es ging, Sie müssen meinem Gedächtnis ein wenig nachhelfen.«

»Es ging über Teiresias, den Seher.«

»Ach Teiresias«, sagte ich, »ja, jetzt weiß ich es wieder, Teiresias.«

»Ich würde die Geschichte gerne noch einmal hören«, sagte sie und trank ihre Tasse in einem Zug leer. Ich nickte und wartete auf eine weitere Erklärung, doch Leah schwieg und ich begriff, dass sie ihrer Bitte nichts hinzuzufügen hatte. So erzählte ich noch einmal die Geschichte von Teiresias.

»Teiresias, der Seher, war der Sohn der Nymphe Chariclo. Es gibt verschiedene Legenden über Teiresias' Jugend und die Umstände, wie er die Gabe des Wahrsagens erhielt. Nach einer Version wurde Teiresias von der Göttin Pallas Athene mit Blindheit gestraft, weil er sie nackt im Bade gesehen hatte, doch verlieh sie ihm danach, auf Bitte der Chariclo, die Sehergabe. Prophezeiung als Kompensation für seine Blindheit. Die bekanntere Version geht jedoch anders. An einem Tag als der junge Teiresias auf den Berg Kyllene stieg, sah er zwei Schlangen, die sich paarten. Hier scheiden sich die Geister nochmals, manche Leute behaupten, Teiresias habe die Schlangen auseinander getrieben, andere sagen, er habe die Schlangen verwundet, wieder andere meinen, er habe die weibliche Schlange getötet. Tatsache ist, Teiresias hatte sich mit den paarenden Schlangen angelegt und wurde dafür in eine Frau verwandelt. Ein paar Jahre später sah Teiresias an der gleichen Stelle nochmals sich paarende Schlangen. Als er diesmal die männliche Schlange tötete, bekam er seine ursprüngliche Gestalt zurück. Dieser Vorfall hatte Teiresias berühmt gemacht und so geschah es, dass er eines Tages von Hera und Zeus als Schiedsrichter in der Streitfrage, ob Mann oder Frau in der Liebe größeren Genuss fänden, angerufen wurde, da er als einziges Lebewesen beide Erfahrungen gemacht hatte. Über die sexuelle Lust von Mann und Frau befragt, antwortete er, dass der weibliche Liebesgenuss neun Mal so stark wie der männliche sei. Daraufhin bestrafte ihn Hera, die über Teiresias in Wut entbrannt war, weil er das Geheimnis ihres Geschlechts preisgegeben hatte, mit Blindheit. Als Entschädigung schenkte ihm Zeus die Sehergabe und das Privileg eines langen Lebens. So ungefähr geht die Geschichte von Teiresias, dem Seher«, schloss ich meinen Monolog und fühlte mich wie nach einer Prüfung. Mir gegenüber saß Leah, die Augen geschlossen, die Lippen leicht gekräuselt. Ihre linke Hand lag auf dem linken Oberschenkel und mit der rechten stützte sie ihren gebeugten Kopf. Ich wartete. Sie öffnete langsam die Augen und blickte in meine Richtung. Sie lächelte schwach und sagte:

»Das ist nicht alles.«

»Wieso?«, fragte ich ein wenig irritiert. Da saß ich einer Fremden gegenüber, die nicht viel sagte, aber viel forderte.

»Es fehlt noch etwas, damals gaben Sie noch so etwas wie eine Interpretation. Ja, es war eine Interpretation dieser Geschichte.« Leah schaute mir in die Augen, es schien, dass ihre Augen auf mich zukamen. Ich versuchte dem Blick standzuhalten und begriff, dass Leah nicht mich ansah, sondern sich selbst, sie war damit beschäftigt, die Erinnerungen aus ihrem Inneren heraufzubeschwören.

»Ich weiß es.« Leah ließ nicht locker: »Es ging um die Wirklichkeit, um beide Seiten der Wirklichkeit, darum ging es.« Ihre Augen glitzerten und mit beiden Armen trieb sie mich an weiterzuerzählen.

»Sie meinen vielleicht Baudrillards Interpretation.« Ich hoffte, meine Stimme würde das Unbehagen, das Leahs Anwesenheit hervorrief, nicht verraten. »Damals, in der Art Gallery, habe ich tatsächlich von Baudrillards Interpretation gesprochen. Baudrillard gibt nämlich in seinem Buch *Die fatalen Strategien* eine eigene Interpretation der Teiresias-Geschichte. Vielleicht sollte ich zuerst die Passage aus seinem Buch vorlesen«, sagte ich und ohne auf Leahs Antwort zu warten, ging ich zum Bücherschrank, nahm das Buch heraus, setzte mich und begann zu lesen:

»Die Geschichte des Teiresias lehrt uns, dass wir in unserem Innersten nicht vom Sex träumen, sondern von der Reversibilität

der Geschlechter, das heißt von der Fähigkeit, beide Seiten des Sex sehen zu können, so wie der Seher oder der Prophet (Teiresias) die Fähigkeit hat, die beiden Seiten der Zeit zu sehen. Wir träumen von einer Art Sehergabe, die in einer Beherrschung der Reversibilität der Zeit besteht, so wie wir von einer Art von Lustempfinden träumen, die in der Beherrschung der Reversibilität der Geschlechter besteht. Die höchste Lustempfindung liegt in der Metamorphose.« Hier endete die Passage.

»Das sind Baudrillards Worte und damit möchte er zum Ausdruck bringen …«

»Noch einmal.«

»Wie bitte?«

»Lesen Sie es noch einmal, bitte.« Leah sprach leise und hielt die Augen geschlossen. Ich hatte es aufgegeben ihr Verhalten zu begreifen und tat, worum sie mich bat, ich las die Passage noch einmal und danach hielt sie mich mit einer Handbewegung an, die Passage noch einmal zu lesen und noch einmal und … Ich glaube, ich las das Stück fünf- oder sechsmal vor, bis ich bemerkte, dass Leah weinte. Lautlos, ohne Geräusch oder Gebärden, regungslos. Sie saß still da, die Augen noch geschlossen und es schien sie nicht zu stören, dass die Tränen die Wangen und das Kinn entlang rollten und auf ihre Brust fielen. Ich blickte um mich herum. Draußen regnete es. Die Tropfen glitten an den Scheiben entlang und zeichneten auf der glatten Oberfläche Arabesken. Ich verfolgte die Tropfen, die unvorhersehbare Muster zeichneten. Draußen strömte Wasser vom Himmel, drinnen strömten Leahs Tränen, die den von Falten gezeichneten Weg folgten. Ich stand auf und ging in die Küche, um Tee zu machen. Als ich zurückkam, stand Leah am Fenster. Sie blickte in den Garten, wo die Erde dankbar die lang ersehnte himmlische Feuchtigkeit aufsog.

»Herrlich, der Tee«, sagte sie, die Wimpern waren noch nass. Wir tranken ohne zu sprechen. Ich wartete. Leah saß aufrecht, blickte um sich herum, hielt die gläserne Tasse mit beiden Händen fest, lächelte verlegen und sagte:

»Es ist so verwirrend, so verwirrend, ich begreife es nicht.«

Ich nickte und schwieg.

»Wo kann ich beginnen?«, fragte Leah sich, »wo kann ich beginnen?« Sie bewegte sich hin und her, reichte mir die leere Tasse. Ich fragte mit einer Geste, ob sie mehr wollte, sie nickte, ich schenkte ein. Sie hielt die Tasse mit der linken Hand fest, mit der rechten Hand massierte sie ihren gelockten Kopf, sie nippte, sie blickte, sie suchte.

Sie sucht nach den Worten, dachte ich.

»Vielleicht ist es am besten mit dem Ende anzufangen. Ich habe eine Geschichte erlebt, die ich nicht kannte. Das ist es, ich bin einer Geschichte gefolgt, die ich nicht kannte«, sagte sie und blickte mich mit einem Ausdruck der Erleichterung an.

»Ich kannte die Teiresias-Geschichte nicht, ich kannte sie nicht«, wiederholte sie. Ich wartete, ich begann zu vermuten, dass Leah etwas erzählen wollte, erzählen musste.

»Ich habe schon gesagt, es ist so verwirrend. Die Verwirrung begann, allerdings in leichterer Form, schon vor zwei Wochen, als ich das Gespräch hörte und einige Fetzen davon auffing. Damals hörte ich Sie über das Erleben von beiden Seiten der Zeit, beiden Seiten der Wirklichkeit sprechen. Diese Worte berührten mich und ließen mich nicht los. Ich hatte das Gefühl, dass dies Schlüsselworte waren und dass ich mehr über sie wissen musste. Darum habe ich Sie angerufen.« Leah sprach langsam, sie wog die Worte, sie suchte Ordnung in ihren Gedanken. An dem Griff ihrer Finger und ihrer Körperhaltung war zu merken, dass alle ihre Muskeln in angespannter Bereitschaft waren.

Wie ein Raubtier, das gleich seine Beute angreifen wird, dachte ich.

»Als Sie die Teiresias-Geschichte erzählten und danach die Interpretation vorlasen«, setzte Leah fort, »kam mir vor, dass mein Gefühl auf der richtigen Fährte war, die Worte sind tatsächlich Schlüsselworte. Ich bin verwirrt, weil mir klar wird, dass ich mich auf der falschen Spur befand. Ich dachte, dass ich es wusste, dass ich einigermaßen hinter den Sinn meines Lebens, meines Tuns und Lassens, gekommen war. Ich dachte, dass ich die Geschichten kannte, in denen ich lebte. Nun stellt sich heraus, dass ich mich geirrt habe. Allen Geschichten lag und liegt ›die Geschichte‹ zugrunde und diese Geschichte kannte ich nicht. Können Sie mir folgen?«

»Nicht wirklich«, gab ich zu und war dankbar für die Unterbrechung. Ich begriff allmählich, dass Leah viel zu erzählen hatte und fragte sie, ob sie etwas dagegen hätte, das Gespräch aufzuzeichnen. Sie fand es eine gute Idee.

»Für später«, sagte sie, »wer weiß, vielleicht möchte ich mir eines Tages dieses Gespräch noch einmal anhören.« Ich drehte das Aufnahmegerät an und sagte:

»Sie sprachen von Geschichten und über die Geschichte, die diesen zugrunde liegt.«

»Ja, es geht um Geschichten,« begann sie ihre Erklärungen, »es geht um die Idee, dass wir Geschichten erleben, besser gesagt, dass wir in Geschichten verweilen. Wie es wirklich funktioniert, weiß ich nicht. Ich begreife nicht, wie es funktioniert, dass wir bestimmte Geschichten anhören und andere nicht, dass wir von bestimmten Geschichten getroffen oder gefangen werden und von anderen nicht. Das weiß ich nicht. Aber ich ging davon aus, meine Geschichten zu kennen. Darum geht es, ich dachte, meine Geschichten zu kennen und nun begreife ich, dass ihnen eine Geschichte zugrunde liegt, die ich nicht kannte. Das heißt aber nicht, dass die anderen Geschichten keine

Bedeutung mehr besitzen, nein keineswegs.« Leah machte eine Pause, nahm einen Schluck und fuhr fort:

»Zugrunde liegen, ich meine als Fundament. Die Teiresias-Geschichte, also das, wofür die Teiresias-Geschichte steht, ist das Fundament, auf das sich die anderen Geschichten stützen. Und das Fundament trägt zwar das Gebäude, wenn ich diese architektonische Metapher gebrauchen darf, gleichzeitig verdankt das Fundament seine Existenz dem Gebäude. Was ist ein Fundament, tief unter der Erde, dem Blick und der Wahrnehmung entzogen, anderes als eine vage Vermutung, wenn das Gebäude seine Anwesenheit nicht bestätigt? Fundament und Gebäude tragen einander, so sehe ich es, sie bestätigen und beeinflussen einander. Genauso steht es mit den Geschichten. Die Geschichten, die ich schon kannte, bestätigen die Geschichte, die ihnen zugrunde liegt, und da ich diese nicht kannte, saß ich auf der falschen Fährte.« Leah blickte mich an und sagte mit beruhigender Stimme:

»Ich werde es Ihnen erzählen, ich werde Ihnen von den Geschichten erzählen. Zuerst aber möchte ich sagen, worum es geht«, sie rutschte an die äußerste Stuhlkante, beugte sich zu mir, hielt ihren Blick fest auf meine Augen gerichtet und sagte:

»Was sich in meinem Leben ereignete, was in meinem Leben geschah, war nicht eine Frage von dem Ruf folgen, auf die Stimme hören wie Abraham, und den Ort verlassen, ebenso wenig war es eine Suche nach Ithaka, wie bei Odysseus, und nach langem Umherirren und Prüfungen, eine Rückkehr nach Hause, nach dem Ort. Diese Geschichten und was sie in sich tragen, die Verbannung, das Exil, das Nomadendasein waren die Form, sie waren die Instrumente für das andere, das echte. Und das echte habe ich jetzt entdeckt. Alles waren Versuche, um an beide Seiten der Zeit, an beide Seiten der Wirklichkeit zu gelangen. Die

Entscheidungen, die Handlungen, die Ereignisse waren Versuche, die andere Seite der Wirklichkeit zu betreten und zu erleben. Verrückt!«, rief sie aufgeregt. »Verrückt. Ich wollte das Einzelwesensein erfahren, diese Wirklichkeit, die nicht für mich bestimmt war. Ich wollte das Nomadenleben kennen lernen, wo ich doch sesshaft bin. Das ist das Heimweh! Das ist das Verlangen und die Sehnsucht: der Drang, die andere Seite meiner Wirklichkeit zu erleben.« Leah sank in sich zusammen, sie war erschöpft. Sie atmete tief ein, hielt die Luft in den Lungen fest und atmete sie dann aus. Sie stand langsam auf und begann hin und her zu gehen. Ich nützte die Gelegenheit, um Wasser für den Tee aufzusetzen und ein paar Häppchen herzurichten. Pause.

»Plötzlich begriff ich es. Plötzlich wurden mir Dinge klar«, setzte Leah nach der Unterbrechung ihre Erzählung fort. »Jetzt begreife ich, warum ich Chawah mitgenommen habe.« Vermutlich bemerkte sie meinen fragenden Blick und sagte:

»Ich werde Ihnen auch von Chawah erzählen. Doch zuerst möchte ich das loswerden, was mir nun klar geworden ist. Ich habe Chawah nicht so sehr deswegen mitgenommen, um sie bei mir zu haben, als um sie zu sein, um ihr Sein zu erleben, um die andere Seite des Zwillingdaseins kennen zu lernen. Kompliziert?«, fragte sie.

»Ziemlich«, antwortete ich und wartete.

»Ja«, sagte sie, »aber alles kommt zu einem guten Ende.

Ich werde es erzählen. Keine Angst, ich werde nicht mein ganzes Leben erzählen. Nein. Womit soll ich anfangen?« Sie schwieg, schloss die Augen und hielt den Kopf mit beiden Händen fest. Sie dachte nach.

»Ich weiß es«, rief sie, »ich beginne mit meinem Geburtstag. Das scheint mir ein guter Augenblick. Mein Geburtstag und die Reise, da werde ich beginnen.«

Leah erzählte und ich hörte zu. Sie erzählte mit gedämpfter Stimme über den Auftrag, die Reise, das Haus und ich machte Notizen. Und Leah erzählte über die Ankunft, die Toten und ich kontrollierte, ob das Aufnahmegerät all die Klänge aufsog. Und Leah erzählte von den Königen, der Übergabe des Hauses, vom Abschied und draußen regnete es noch immer. Und Leah erzählte und es war dunkel geworden, als sie mit dem Erzählen fertig war. Sie sagte:

»So ungefähr war es. Nun steht mir noch eine Reise bevor.«

»Noch eine Reise?«, fragte ich mehr aus Höflichkeit, als aus Interesse, ich fühlte mich furchtbar müde, betäubt von all den Worten, die noch im Raum nachhallten. Auch Leah war müde, sie war aber auch erleichtert und dass sie sich mitgeteilt hatte, gab ihr neue Energie.

»Ja«, antwortete sie, »noch eine Reise. Ich fahre nach Israel. Ich fahre zu Rose …«

»Rose? Wer in Gottes Namen ist Rose?«, platzte ich heraus. Ich konnte den Namen nirgendwo einordnen.

»Rose«, sagte sie mit einem zärtlichen Ton in der Stimme, »meine zweite Liebe, die zum Ideal gehörte. Ich werde Ihnen auch von Rose erzählen. Aber nicht jetzt, zuerst gehe ich auf Reisen. Jetzt kann ich die Geschichte mit Rose einordnen und begreifen. Jetzt kann ich es Rose erzählen. Nach meiner Rückkehr hören Sie von mir«, sagte sie und ging fort. Ich stand in der Türöffnung und blickte ihrer Gestalt nach, die im Regen nass wurde und langsam in der Nacht verschwand.

Das war meine erste Begegnung mit Leah Braunstein.

12. Chawah

Meine zweite Begegnung mit Leah Braunstein fand nach ihrer Rückkehr aus Israel statt. Sieben Tage vor ihrem Tod.

Aufgewühlt durch die neuen Erkenntnisse ging Leah durch die Zimmer ihres Appartements wie ein Tier in seinem Käfig. Sie konnte es nicht erwarten mit Rose zu sprechen. Sie übte laut das Gespräch, das sie in Tel Aviv führen würde, suchte nach den passenden Worten und Sätzen, nach dem richtigen Anfang, nach der richtigen Reihenfolge. Die Begegnung mit Rose hatte jedoch nicht bloß mit einer Mitteilung, mit einer Erklärung zu tun. Jetzt, da sie Rose den Sinn ihres Tuns und Lassens erklären konnte, war auch die Zeit gekommen, dass Rose ihr antworten musste. Rose war ihr all die Jahre die Antwort schuldig geblieben und Leah fand, dass es diesmal anders sein musste, dieses Mal musste sie Rose so weit kriegen. Leah wusste, es würde nicht einfach sein. Bei den seltenen Begegnungen in den vergangenen dreißig Jahren hatte Leah immer wieder die Frage gestellt, doch Rose wusste das Thema geschickt zu umgehen oder zu bagatellisieren. Nein, es würde nicht einfach sein und Leah ging durch die Wohnung und überlegte, wie sie es anpacken musste.

»Dummkopf, Dummkopf«, sagte Leah zu ihrem Spiegelbild. Bei ihrem Herumirren war sie vor dem Spiegel des Kleiderschranks stehen geblieben. »Dass du nicht früher daran gedacht hast. Das ist die Lösung. Ich gehe als Chawah zu Rose. Was sie Leah nicht erzählen wollte, wird sie vielleicht Chawah enthüllen. Ein perfekter Plan. Perfekt! Perfekt!«, rief sie zufrieden und stürzte sich in die Vorbereitungen. Sie kaufte auf Chawahs Namen ein Flugticket nach Tel Aviv und machte, mit dem Datum vor Augen, Notizen für das Telefongespräch, das sie mit Rose führen würde. Englisch, sie würde mit Rose Englisch sprechen müssen, Chawah sprach kein Hebräisch.

Zudem würde mir die Sprache bei meiner Tarnung helfen. Erstens kennt Rose mich nicht als englisch-sprechende Person und zweitens würde eine fremde Sprache Distanz schaffen. Und wahrscheinlich wird sich Rose durch die Distanz sicherer fühlen und ihr Geheimnis endlich preisgeben. Die Distanz würde nicht allein durch die Sprache, sondern auch durch Leahs Abwesenheit entstehen, dachte Leah weiter, und Leahs Abwesenheit würde mit ihrem Tod zu tun haben, was zugleich Chawahs Aufenthalt in Holland und ihr Kommen nach Tel Aviv rechtfertigte. Leah war zufrieden, sie hatte alles geregelt. Die Reise konnte beginnen.

»Chag same'ach«, die Worte des israelischen Piloten, die »ein glückliches Fest« bedeuten, ließen Leah erschrecken. Plötzlich erfasste sie, dass es mitten in der Pessach-Woche war. Seit ihrer Heimkehr aus Argentinien lebte sie in einem Rausch, einer Lähmung, in der die Welt an ihr vorüberging und sie keinen Zeitbegriff besaß. Zuerst war sie mit den Terminen beim Anwalt, die sie abwechselnd als Leah und als Chawah wahrgenommen hatte, voll beschäftigt gewesen, danach kam die Ausstellung, auf der sie jene Schlüsselworte gehört hatte, die sie nicht losließen und schließlich hatten die Enthüllung und der Entschluss zu Rose zu fahren, sie in Beschlag genommen. In der

El-Al-Maschine wurde ihr die Zeit wieder bewusst. Es war Pessach.

Das bedeutet, dachte Leah, dass Rose wahrscheinlich Gäste haben wird. Rose besaß eine kleine Pension in der Jarkonstraße in Tel Aviv, eine Pension, die den größten Teil des Jahres leer stand, jedoch um die Festtage zumeist ausgebucht war.

Es macht nichts, wenn bei ihr kein Platz ist, suche ich mir etwas anderes, sagte sich Leah. Auch Rose, die von der Nachricht über Leahs Tod und Chawahs Besuch überfallen worden war, hatte die Frage der Unterkunft nicht zur Sprache gebracht.

Israel begrüßte sie mit einem strahlend blauen Himmel, scharfen Gerüchen und Lärm.

Wie eh und je, dachte Leah zufrieden. Bekannt, vertraut, geliebt. Während Leah im Bus nach Tel Aviv saß, hielt sie Chawahs argentinischen Reisepass in der Hand und übte ihre Rolle. Die dunkle Sonnenbrille sollte nicht nur verhindern, dass ihre Augen sie verrieten, sondern auch der Blick des Erkennens und der Freude sollte verborgen bleiben. Am Busbahnhof von Tel Aviv rief sie Rose an.

»Chawah, ruf mich vom Busbahnhof an, dann erkläre ich dir, wie du zu mir kommst«, hatte Rose am Telefon gesagt. Das tat Leah und sie lauschte den Anweisungen, die natürlich überflüssig waren. Im Bus blickte sie verblüfft auf ihr Spiegelbild in der Fensterscheibe – sie hatte ihr Haar kurz schneiden lassen, um die Verkleidung perfekt zu machen. Leah hatte ihr Haar immer lang getragen und Rose pflegte, in der Zeit ihres Glücks, endlos mit Leahs langen Locken zu spielen.

»Schalom Chawah, ich bin Rose.«

»Schalom«, sagte Leah und drückte Roses Hand.

Rose führte sie ins Wohnzimmer und fragte, ob sie etwas trinken wolle.

»Gerne«, antwortete Leah, »etwas Kaltes bitte.« Rose verschwand in die Küche und Leah setzte sich auf einen Stuhl. Ihr Körper zitterte. Rose kehrte mit einer Karaffe Orangensaft und zwei Gläsern zurück. Leah bemerkte, dass auch Rose zitterte. Die beiden Frauen vermieden es, einander in die Augen zu blicken. Leah hatte noch ihre Sonnenbrille auf.

»Chawah Braunstein«, sagte Rose, »endlich begegnen wir einander. Es ist so merkwürdig. Du siehst Leah sehr ähnlich, muss ich sagen. Außer dem Haar, ja Leah trug immer lange Haare. Zumindest bis zum letzten Mal, als ich sie sah.« Sie sprach langsam und hatte ihren Blick auf die Finger geheftet, die mit dem Tischtuch spielten. Leah konnte nicht verhindern, dass ihre Aufmerksamkeit von den Ziffern auf dem Arm gefangen wurde. Die blaugrauen Ziffern, die sie auswendig kannte, die sie endlos gestreichelt und geküsst hatte, auf die sie heimlich eifersüchtig gewesen war, da sie die unüberbrückbare Kluft verkörperten. Ihr Blick blieb an den Ziffern hängen und Leah fühlte, wie der alte Schmerz ihre Brust beklemmte und das Atmen schwer machte.

»Ja«, hörte sie Rose sagen, »sie trug es immer lang, so habe ich sie zuletzt gesehen, bei ihrem letzten Besuch vor zehn Jahren.« Leah streckte sich im Stuhl und bemühte sich ihren Atem unter Kontrolle zu kriegen. Rose bemerkte ihre Anstrengungen und fragte:

»Vielleicht möchtest du dich ein wenig ausruhen? Wahrscheinlich bist du von der Reise müde. Wie du weißt, führe ich eine Pension und im Augenblick habe ich ein Zimmer frei. Du kannst es gerne benützen.« Ohne Leah anzusehen oder ihre Antwort abzuwarten, stand sie auf, nahm die Gläser und die Karaffe und ging in die Küche. Leah folgte ihr.

»Eine gute Idee, ich denke, ich lege mich ein Weilchen nieder. Natürlich freue ich mich, wenn ich bei dir wohnen kann. Vielen Dank, Rose.«

Pessach in Tel Aviv. Es war früher Nachmittag. Leah lag auf dem Bett in Roses Pension, blickte zum Plafond und zweifelte an ihrem perfekten Plan. Beim Wiedersehen mit Rose wurde sie mit dem Ausmaß und den Konsequenzen ihrer Verkleidung und ihrer Lügen konfrontiert.

»Verrückt«, sagte Leah zu sich, »du bist völlig übergeschnappt. Was machst du denn? Was tust du Rose und dir selbst an? Siehst du denn nicht ihren Kummer? Schämst du dich denn nicht, dass du Rose mit einer gemeinen List ihr Geheimnis entreißen möchtest? Was tust du dir selbst an? Hier liegst du, ein paar Meter von Rose entfernt und musst dich wie eine Fremde benehmen. Du hast freiwillig den Abstand geschaffen und jetzt musst du deine Gefühle unterdrücken. Schau dich doch selbst an! Dein ganzer Körper sehnt sich nach ihr. Du liebst sie noch immer.«

Stimmt, ich liebe sie noch immer, dachte Leah, darum muss ich durchhalten. Ich muss es jetzt wissen. Jetzt, wo das Übrige seinen Platz bekommen hat, muss ich es wissen, jetzt möchte ich den wahren Grund ihrer Zurückweisung erfahren. Keine Ausflüchte mehr.

Und dann?, fragte sich Leah, und was wirst du dann machen?

»Dann werde ich es ihr erklären«, antwortete sie laut, »dann werde ich ihr von meinen Lügen erzählen. Sie wird es begreifen. Sie muss es begreifen, sie muss es begreifen«, flüsterte Leah und schlief erschöpft ein.

Entspannt und erleichtert wachte sie auf. Der Schlaf hatte ihr gut getan. Sie nahm eine Dusche, zog sich an und ging nach unten. Das Wohnzimmer war leer, doch den Geräuschen von nebenan nach zu schließen, war es

Essenszeit. Im Speiseraum war Rose damit beschäftigt, die Gäste zu bedienen. Sie wies Leah mit einer Handbewegung den Platz an, der für sie bestimmt war. Ein Tisch beim Fenster. Leah setzte sich und blickte um sich. Es gab vier Gäste, vier Frauen mittleren Alters, die jeweils zu zweit aßen und miteinander sprachen. Amerikanische Jüdinnen, die zum Fest nach Israel gekommen waren, auffallend gekleidet und hergerichtet. Sie sprachen laut über ihre Erlebnisse und Erfahrungen. Leah blickte durch das Fenster auf die andere Straßenseite, wo sich ein Hotel ans andere reihte. Sie wusste, dass hinter den gigantischen Gebäuden der Strand und das Meer lagen und erinnerte sich an Roses Worte.

»Die Stadt wird erwachsen. Sie befindet sich im Zustand einer permanenten Schwangerschaft, sie schenkt sich selbst unzählige Nachkommen, beinahe jedes Jahr entsteht ein neues Hotel am Strand. Am Beginn konnte ich von meiner Pension noch das Meer sehen und hören, jetzt bin ich schon froh, wenn ich es ab und zu hören und riechen kann, meistens nehme ich nur den Lärm der Touristen wahr und rieche die Abgase des Verkehrs.« Leah hatte damals auf Roses Schwangerschaftsmetapher erstaunt reagiert. Rose, der die Schergen die Gebärmutter herausgenommen hatten und die daher nicht schwanger werden konnte; und Rose hatte, wie sie dies öfters tat, über Leahs Ernst gelacht.

»Humor, Leah, Humor, du musst die Wirklichkeit mit mehr Humor sehen oder, zumindest, ihr mehr Humor zugestehen.« Aber Leah blieb verstimmt, sie konnte sich nicht vorstellen, dass man in der Barbarei des Churban, der Verwüstung, auch nur einen Funken von Humor entdecken, oder ihr Humor zugestehen konnte.

Leah blickte zu Rose, die an einem der Tische stand und mit den Gästen sprach. Rose trug einen Sommerrock aus geblümtem dünnen Stoff, der die Konturen ihres Körpers nachzeichnete und Leah fühlte, wie der alte Hunger und Durst wieder an ihr zu nagen begannen. Damals konnte sie sich nicht den starken Drang erklären, alles über Rose wissen zu wollen, ihr Bedürfnis, jedes Detail zu wissen, die zwanghaften Verhöre mit denen sie Rose quälte bis diese erschöpft ausrief:

»Hör endlich auf damit! Ich ersticke, du nimmst mir die Luft aus den Lungen!« Leah entschuldigte sich und sagte:

»Ich kann nicht anders, ich weiß nicht warum, es ist stärker als ich. Ich muss es wissen.« Nun war sie hinter die Bedeutung dieses Drangs gekommen und brannte vor Ungeduld es Rose zu erzählen. Als sie den Kaffee trank, setzte sich Rose zu ihr und fragte:

»Nun Chawah, wie war deine erste Siesta in Tel Aviv? Hast du dich ausgeruht?« Leah lächelte und nickte. Rose sah hinaus und sagte:

»Dahinter liegt das Meer.« Leah blickte erst zum Fenster, dann zu Rose und sagte: »Ich würde gerne am Strand spazieren gehen, kommst du mit?«

»Natürlich, ich bin gleich fertig.«

Sie wanderten den Strand entlang. Barfuß. Bei jedem Schritt grub Leah ihre Zehen in den Sand. Der Vollmond beleuchtete das Wasser, das unablässig den Strand umspülte. Rose war in die Rolle der Führerin geschlüpft und erzählte von der Stadt, den Gebäuden und den Lichtern, die bis an den endlosen Horizont flimmerten. Leah dachte an die Zeiten, die lange zurücklagen. An die Zeit ihres Glücks vor zweiunddreißig Jahren. Als sie des Nachts schwimmen gegangen waren und einander geliebt hatten.

Hier, dachte sie, an diesem Strand, haben wir uns heimlich geliebt, an diesem Wasser haben wir unsere Leidenschaft und Begierden befriedigt. Uns endlos geküsst, gestreichelt, einander geleckt und gesaugt. Und Leah fühlte den Schmerz ihrer Sehnsucht. Sie wollte so gerne Roses Körper erkunden, ihre Brüste wiederentdecken, ihre Haut küssen, ihre Wölbungen mit der Zunge abtasten und den Geschmack ihres Körpers kosten. Sie wollte so gerne Roses Wonne hören, ihre Schreie und ihr Keuchen, ihre Erregung und ihren Orgasmus miterleben. Roses Orgasmus! Eine Eruption, eine Explosion, ein Schrei und Roses Körper zitterte gegen Leahs Haut und Rose lachte und rief:

»Ich lebe! *Ich* lebe!«, und Leahs Augen füllten sich jedes Mal mit Tränen und sie sagte:

»Ja, *du* lebst, *du* lebst.«

»Wollen wir uns setzen?«, fragte Rose und Leah nickte. Sie suchten zwei Stühle, bestellten etwas zu trinken und schauten aufs Meer.

»Ich bin mit einem Auftrag gekommen«, sagte Leah, den Blick auf das Meer gerichtet.

»Ja, das hast du am Telefon gesagt.«

»Ich weiß nicht, wie ich beginnen soll. Natürlich geht es um Leah, durch ihren plötzlichen Tod konnte sie nicht mehr mit dir sprechen, ich weiß aber, dass sie das wollte. Ich fühle mich verpflichtet es dir zu sagen.« Rose schwieg und Leah fuhr fort:

»Sie wollte dir ihr damaliges Verhalten erklären. Sie war hinter die Ursache ihres Drangs gekommen. Leah hat mir alles erzählt, findest du es schlimm, dass ich alles weiß?« Rose schüttelte den Kopf und sagte:

»Das ist schon okay, es erstaunt mich nicht, dass du alles weißt. Du bist schließlich ihre Zwillingsschwester.«

»Sie hat dich so geliebt«, begann Leah, »sie hat dich immer geliebt.«

»Das weiß ich, Chawah, ich weiß es«, seufzte Rose und ihre Stimme klang traurig.

»Sie hat dich geliebt und gleichzeitig hat sie dich verrückt gemacht, nicht wahr? Sie hat dich mit ihren ständigen Fragen und ihren Forderungen verrückt gemacht, nicht wahr?«, fragte Leah und lächelte. Mit zärtlichem Blick sah Rose Leah an, lächelte zurück und sagte:

»Ja, sie wollte alles wissen. Sie musste alles wissen, und ich musste alles erzählen, nicht einmal, sondern tausende Male. Alles, von Anfang an. Sie wollte jedes Detail wissen, den Zeitpunkt, wann die Dinge sich ereigneten, die Gerüche, die wir rochen, die Farben, die wir sahen, die Geräusche, die wir hörten und natürlich, was wir machten. ›Hast du Iris fest gehalten?‹, fragte sie und ich sagte: ›Ja, wir hielten einander fest‹, und dann wollte sie wissen: ›Wie hieltet ihr einander fest? Zeig es mir‹, und ich zeigte ihr, wie wir uns fest hielten. Und sie fragte weiter, sie konnte nicht aufhören, sie konnte den Drang zu fragen und zu wissen nicht stoppen. Ab einem bestimmten Augenblick wurde es ein Ritual. Dann blickte mich Leah eindringlich an und sagte: ›Die Reise, der Zug, der Waggon‹, und ich begann von der Reise, dem Zug, dem Waggon zu erzählen. Von den endlosen Stunden in dem dunklen Raum, in dem keine Farbe auszumachen war. Nacht, stockfinster war es, die ganze Reise über hatte kein Licht den Waggon erleuchtet. Über den Gestank nach Dreck, Furzen, Urin und Blut. Über den Gestank nach Leichen, Erbrochenem und Schweiß. Über die unaufhörlichen Geräusche, das Geschrei der Babys, das Jammern der Kranken, das Röcheln der Sterbenden, das Weinen der Verzweifelten, das Gebet der Gläubigen. Und ich erzählte von der Reise, dem Zug und dem Waggon. Wie Iris, mein Spiegelbild, und ich einander fest hielten, aneinander schnüffelten, um den Körpergeruch der anderen zu riechen, einander leise Worte zusprachen, um die anderen Geräusche zu übertönen und einander tief in die Augen blickten, um im

Dunkeln das Grün unserer Iris zu entdecken. Und ich erzählte und Leah fragte weiter: ›Wie hieltet ihr einander fest? Zeig es mir. Zeig mir, wie ihr aneinander geschnüffelt habt, lass mich hören, welche Worte ihr zueinander gesprochen habt‹, und ich zeigte es ihr.« Rose schwieg und blickte aufs Meer.

»Und dann wollte sie von der Ankunft wissen«, sagte Leah mit gedämpfter Stimme.

»Ja, danach wollte sie alles über die Ankunft wissen. Über die Nacht, die Scheinwerfer, das Geschrei und das Bellen der Hunde. Und ich erzählte von der Ankunft, von der Verwirrung, von der Angst. Und ich erzählte von der Verwunderung, die der Ort in uns hervorrief und von der Unwirklichkeit des Bildes, das sich unseren Augen aufdrängte. Von den Stößen und den Fußtritten der uniformierten Gestalten, von dem Geschrei der Mütter und dem Gekreisch der Kinder und wie über all dem der Ruf erklang: ›Wir brauchen Zwillinge, wir brauchen Zwillinge, Zwillinge!‹ Und ich erzählte, wie Iris und ich an den Boden geheftet einander umarmten und mit unseren Augen vergebens unsere Eltern suchten und wie wir auf einmal von einer Gestalt gepackt und weggeschleppt wurden und dabei hörten: ›Hier sind Zwillinge.‹ Es war April 1944, Iris und ich waren sieben Jahre alt. Das erzählte ich über die Ankunft und dann sagte Leah stets: ›Sieben Jahre – in der Zeit haben Chawah und ich unseren Wachstumsprozess am Fahrrad unserer Mutter beobachtet, indem wir prüften, ob wir vom Sattel aus die Pedale erreichen konnten, in der Zeit, als Ramona sah, dass der Abstand zwischen den ausgestreckten Armen und dem Boden zu kurz war für die Wassereimer, die sie schleppen musste, in der Zeit betraten Iris und du die Hölle.‹« Rose nahm einen Schluck aus ihrem Glas und blickte wieder auf das Meer.

»Und dann wollte sie von der Hölle hören«, trieb Leah Rose an. Sie wollte es noch einmal hören, um Rose den Grund für ihr Verhalten erklären zu können.

»Sie wollte alles über die Hölle wissen. Sie war hart und kannte in ihren Verhören kein Erbarmen. Iris und ich wussten ja nicht, was los war, wir wussten nicht, was mit uns geschah. Wir lebten in einer Art Rausch und wir hielten einander fortwährend fest. Wir wohnten in speziellen Baracken, die für Zwillinge bestimmt waren. Wir sahen zwar das Feuer und rochen den Gestank verbrannter Leichname. Ja, das wussten wir schon, die Öfen befanden sich in der Nähe unserer Baracken und wir sahen die Transporte, die Stapel von Leichen, die zur Verbrennung weggeführt wurden. Ja, wir wussten, dass wir in der Hölle gelandet waren. Aber auch in der Hölle gibt es Abstufungen. Und ich musste davon erzählen. Und ich erzählte, wie eines Tages Veränderungen eintraten. Man nahm Iris mit und ich blieb zurück. Ohne Iris, an der ich mich fest halten konnte, wusste ich mir keinen Rat. Ich wartete und sie kam. Sie kam und wir umschlangen einander und hielten einander fest. Und Leah fragte weiter und ich musste erzählen, wie es ohne Iris war. Vom Warten ohne zu wissen, ob sie zurückkommen würde. Und wie es war, als ich Iris sah, und ich musste zeigen, wie Iris und ich einander umschlangen und festhielten.« Rose schwieg und betrachtete ihre Hände.

»Und sie wollte alles über Iris wissen«, sagte Leah und blickte auf Roses Hände.

»Ja, sie wollte alles über Iris wissen«, setzte Rose ihre Erzählung fort. »Und ich erzählte, wie Iris regelmäßig aus meiner Umarmung weggeholt wurde. Wie Iris die Auserwählte wurde, an ihr wurden die Experimente durchgeführt und ich wurde als Vergleichsmaterial gebraucht. Und ich erzählte, wie ich auf Iris' Rückkehr wartete und wie es jedes Mal länger dauerte, bis sie zurückkam. Und ich erzählte, wie ich nach jeder Abwesenheit ihren Körper untersuchte und jedes Mal neue Wunden fand. Und dann zog sich Leah aus und ich musste an ihrem Körper Iris' Wunden nachzeichnen. Und sie wollte alles über Iris wissen. Und ich erzählte von Iris' Schweigen, von Iris' Blindheit, von Iris' Lähmung, von meiner Angst während ich wartete. Und ich erzählte, wie ich, jedes Mal wenn Iris zurückkam, meinen Mund auf ihren Mund presste und ihr meinen Atem einblies, um ihrem Körper Kraft einzuflößen. Wie ich Iris' blinde Augen küsste, ihre Gliedmaßen massierte, ihren Körper mit meinem bedeckte, um meine Wärme auf sie zu übertragen. ›Wie hast du es gemacht? Lass es mich sehen‹, sagte Leah dann und ich ließ es sie sehen.« Rose schwieg, atmete tief ein und erzählte weiter: »Und dann wollte sie von ›dem Tag‹ hören. Von dem Tag, an dem ich begriff, dass das Warten sinnlos war. Von dem Tag, an dem ich begriff, dass Iris nicht zurückgekommen war und nie mehr zurückkommen würde. Von dem Tag, an dem ich durch das Fenster der Baracke endlos nach dem Feuer und dem Rauch starrte, in der Hoffnung Iris zu entdecken. In der Hoffnung das Grün ihrer Augen, das Kastanienbraun ihrer Haare, die Konturen ihres gequälten Körpers zu erkennen. Ja, Chawah, Leah musste um jeden Preis alles wissen, alles.«

»Ja, sagte Leah, »ich weiß es, sie hat es mir erzählt. Sie hat mir von dem Drang erzählt, für den sie keinen Rat wusste. Sie konnte nicht anders, sie wusste nicht warum, sie musste alles wissen. Und vor kurzem kam sie dahinter, was der Grund dafür war, sie hatte entdeckt, wo der Drang herkam und die Bedeutung davon begriffen. Und deshalb bin ich hier, um es dir zu erzählen, um es dir zu erklären.« Und Leah erzählte von den Geschichten, von der Reise, von der Sehnsucht nach dem Ort, von den Ereignissen in ihrem Leben, die Ausdruck ihrer Bemühungen zu sein schienen, an beide Seiten der Wirklichkeit zu gelangen.

»Das war es, was sie plötzlich entdeckte, und damals begriff Leah den Drang. Sie begriff, dass sie alles über dich und Iris wissen wollte, weil sie eure Wirklichkeit betreten wollte, weil sie das Reich deines Kummers ergründen und dein Heimweh erfahren wollte. Weil sie sich ›die Wirklichkeit‹ aneignen wollte. Weil sie die Wirklichkeit, die sie ›die unmögliche Wirklichkeit, die doch Wirklichkeit wurde‹ nannte, erfahren wollte. Weil sie auch dort sein, dazu gehören wollte. Begreifst du das?« Leah sah Rose an. Rose blickte aufs Meer und nickte. Stille. Rose wandte den Kopf und Leah sah, wie die Müdigkeit sich in Roses Gesicht eingenistet hatte. Es war spät geworden. Die beiden Frauen standen auf und gingen am Ufer entlang zur Pension zurück.

Am nächsten Tag gönnte sich Leah Ruhe, sie mied Roses Gesellschaft und verhielt sich wie eine Touristin. Sie ging an den Strand, schwamm, setzte sich in ein Straßencafé, ging durch die Straßen, schlenderte die Fußgängerzonen entlang und dachte nach. Sie dachte an das nächste Gespräch, an das Gespräch, in dem sie Rose die Frage stellen wollte, warum sie Leah abgewiesen hatte. Zugleich benötigte Rose gewiss Zeit, um zu verarbeiten, was sie über Leah gehört hatte.

An ihrem dritten Abend in Tel Aviv ging Leah nach dem Abendessen zu Rose und fragte sie:

»Kommst du mit auf einen Spaziergang?«, Rose nickte.

Sie gingen am Ufer entlang. Rose voran. Leah dahinter. Und Leah beobachtete, wie das Wasser Roses Waden besprengte und wie die Brise, die vom Meer kam, mit Roses kastanienrotem Haar spielte. Rose färbte sich die Haare. Und Leah sah, wie der dünne Stoff des Rocks die Wölbungen von Roses Beinen und Gesäß verriet und Leah hielt die Hände in den Hosentaschen und versuchte ihre Begierde zu unterdrücken. Und heimlich malte sie sich eine Zukunft von Liebe, Glück und Leidenschaft aus. Rose drehte sich um und fragte:

»Möchtest du etwas trinken oder sollen wir uns einen Platz am Strand suchen?«

»Ich möchte nichts trinken, einen Platz am Strand finde ich eine gute Idee«, antwortete Leah, während sie neben Rose ging und ihr Profil betrachtete. Sie sah die hohe Stirn, die markanten Jochbeine, die leicht gebogene Nase und die vollen Lippen, die so gut auf ihre Lippen passten. Sie gingen an allen Pavillons vorbei und wählten einen Platz, wo die Dämmerung ein wenig Schutz vor neugierigen Blicken gewährte. Rose streckte sich auf dem Rücken aus, legte die Arme unter den Kopf und blickte zu den Sternen und dem Mond. Leah setzte sich aufrecht, mit gekreuzten Beinen und sah auf das Meer. Ihr Körper schauerte. Sie begann mit dem Sand zu spielen. Sie füllte eine Hand mit Sand, machte eine Faust und ließ den Inhalt in die andere rieseln, hin und her, hin und her.

»Mein Auftrag ist noch nicht vollendet«, begann Leah. Rose nickte und schwieg. Leah blickte wieder auf das Meer und sagte:

»Wie ich dir schon gesagt habe, bin ich hier, um zu tun, was Leah tun wollte, zu erzählen, was sie dir erzählen wollte. Aber Leah wollte nicht nur erklären, woher ihr Drang kam und was er bedeutete, sie wollte auch etwas wissen.« Leah wandte sich zu Rose.

»Rose, Leah wollte den wahren Grund für deine Abweisung wissen.« Rose setzte sich auf und zog ihre Beine an. Leah blickte auf die nackten Knie, während sie mit dem Sand spielte.

»Schau«, fuhr Leah fort, die Augen auf die Knie geheftet, »Leah wusste, dass sie dich verrückt machte, dass sie dir mit ihren Fragen und ihrem Drang alles wissen zu wollen, das Leben schwer machte. Aber sie liebte dich wahnsinnig, sie liebte dich und sie dachte, sie glaubte, sie fühlte, dass du sie auch liebtest. Sie war davon überzeugt, dass es gegenseitige Liebe war, dass die Zeit mit dir, die sie ›die zwei Jahre des Glücks‹ nannte, auch deine Jahre des Glücks waren. Und dann kam deine Abweisung, deine plötzliche Distanz und deine Ablehnung. Warum? Du hast sie doch geliebt, oder nicht?«

»Oh ja, ich habe sie geliebt, sehr sogar«, sagte Rose und griff nach Leahs Hand. »Chawah, glaub mir, ich habe nie jemanden so geliebt wie Leah.«

»Und doch hast du sie verlassen«, sagte Leah. »Warum? Was ist passiert?« Doch Rose schwieg und zog ihre Hand zurück. Leah fuhr fort:

»Leah dachte, dass etwas passiert war, dass dich auf einmal etwas erschütterte, dass dich auf einmal etwas erschreckte. Sie dachte, dass vielleicht ihr Sehnen, ihr Begehren, ihre Leidenschaft, ihre Sehnsucht, jedes Mal alles wieder neu zu erfahren und zu hören, dir zuviel geworden waren. Leah dachte, dass dir die Last auf einmal zu schwer wurde und dass dich das in Schrecken versetzte.

»Ja, das erschreckte mich«, sagte Rose und Leah wartete auf eine weitere Erklärung, aber Rose schwieg.

»Du bist erschrocken«, Leah gab nicht nach. »Aber worüber? Warum erschrakst du auf einmal? Kannst du jetzt, wo du weißt, wo der Drang herrührte, was der Drang bedeutete, kannst du jetzt erklären, kannst du jetzt erzählen, worüber du erschrocken bist?«

»Chawah, Chawah«, sagte Rose mit einem Klang von Zärtlichkeit in der Stimme, »es ist vorbei, Leah ist nicht mehr, es ist vorbei. Wir sollten nicht alte Geschichten aufwärmen.«

Wir sollten alte Geschichten nicht aufwärmen, wiederholte Leah im Stillen und dachte: Wieso Geschichten. Was für Geschichten? Sollen diese alten Geschichten mich erdrücken?

»Was für Geschichten, Rose, wovon sprichst du?«

»Chawah, was du mir von den Geschichten erzählt hast, stimmt. Ich weiß, ich hatte eine Ahnung davon, und ich kann mir vorstellen, dass Leah diesen Eindruck gewonnen hatte, weil sie ihr Tun und Lassen erklären konnte. Es passte zu ihr, sie musste Erklärungen haben, sie musste Erzählungen folgen oder erleben, sie musste nach den Stimmen lauschen, sie musste Irrfahrten unternehmen und sie musste Antwort auf ihr Tun und Lassen geben können. So gesehen hat sie die Antwort auf ihre Fragen bekommen und war zufrieden, lassen wir es dabei.«

»Rose, du möchtest es nicht begreifen, nicht wahr?«, sagte Leah mit einem harten Ton in der Stimme. »Du möchtest nicht nachgeben, nicht wahr? Ich bin hier, um es dir zu erzählen, es dir zu erklären. Leahs Liebe zu dir, ihr tiefster Drang, ihr Bedürfnis, deine Wirklichkeit zu kennen. Übrigens hat das auch mit ihrer eigenen Weise des Jüdischseins zu tun, falls du das nicht weißt.«

»Ja, das weiß ich. Leahs Eigensinn. Darum begriff ich damals auch ihr Bedürfnis, alles zu wissen. Leah fühlte sich ausgeschlossen, ausgeschlossen von dem Ereignis, unter dem ihr Volk so gelitten hatte. Ja, das weiß ich«, sagte Rose mit ruhiger Stimme.

»Sie liebte dich, sie liebte dich so sehr, dass sie in deiner Wirklichkeit sein wollte, dass sie deine Iris sein, dass sie an beiden Seiten sein wollte. Ich erzähle dir alles und du willst nicht sagen, was dich so erschreckt hat«, sagte Leah, wobei sie die Stimme hob und Rose eindringlich ansah.

Rose wich Leahs Blick aus und schaute um sich, als suchte sie Hilfe. Doch es war niemand da, der sie aus dieser unangenehmen Lage befreien konnte, bloß Leah war da, die Rose mit ihrem Blick zum Sprechen zwang.

»Chawah, Chawah«, begann Rose mit müder Stimme, »du hast es gesagt, du hast es gesagt: Sie wollte meine Iris sein. Leah wollte meine Iris sein und das versetzte mich in Schrecken.«

Rose blickte Leah in die Augen und wartete auf eine Reaktion. Leah schwieg.

»Du begreifst es nicht, nicht wahr?«, fragte Rose und Leah schüttelte den Kopf.

»Chawah«, sagte Rose, »du hast es selbst gesagt, Leah wollte meine Iris sein und das erschreckte mich. Ich wollte keine Beziehung mit meiner Zwillingsschwester! Ich wollte eine Beziehung mit Leah! Ich erschrak, als ich es bemerkte, als ich diese Geschichte in Leahs Leben entdeckte. Damals kannte ich nicht alle Geschichten, aber das ändert nichts, alle Geschichten waren und bleiben wichtig, auch die letzte Geschichte, doch damals entdeckte ich ›diese Geschichte‹ und erschrak. Da begriff ich, dass Leah ihr ganzes Leben nur einen Menschen liebte und lieben konnte. Dich, Chawah. Leah hat nur dich geliebt, sie konnte nicht anders, ohne es zu wissen, konnte sie niemand anderen lieben. Sie wollte meine Iris sein, um die Beziehung zu haben, die sie mit dir nicht haben konnte. Verstehst du das, Chawah? Ich sah damals die Tabugeschichte, in der Leah steckte. Ich begriff damals, dass Leahs Geschichte eine Flucht war. Sie flüchtete vor dir, konnte aber nicht loskommen. Sie wurde eine Verbannte, eine Nomadin, eine Suchende, da sie nichts anderes konnte, als zu flüchten. Das erkannte ich und das erschreckte mich. Ich hielt es nicht aus. Darum habe ich sie verlassen.« Rose schwieg und sah Leah an. Leah heulte und Rose rückte näher zu ihr, befreite Leahs Beine aus der Verschlingung und kniete sich auf ihren Oberschenkel, umarmte sie und sagte:

»Chawah, Chawah, weine nicht. Du konntest nichts dafür. Auch Leah konnte nichts dafür. Vielleicht hatte Leah doch recht und das Leben ist ein Verweilen in Geschichten. Sie war davon überzeugt, dass es so war und sie wollte, musste die Geschichten kennen. Und ich konnte ihr diese Geschichte nicht enthüllen. Verstehst du, Chawah? Ich liebte sie und wollte, dass sie mich auch liebte. Ich schaffte es nicht mit ihr zu sein, da ich wusste, dass sie mich nicht so lieben konnte, wie ich sie liebte. Das war mein Fehler.« Rose drückte Leahs Kopf gegen ihre Brust und streichelte über Leahs gelocktes Haar. Und Leah weinte und fühlte, wie die Tränen sich über den Stoff von Roses Bluse ihren Weg zu Roses Brüsten bahnten. Und Leah weinte und Rose legte ihren Kopf auf Leahs Kopf und flüsterte in Leahs Ohr.

»Chawah, Chawah, weine nicht. Es ist vorbei. Leah ist nicht mehr und ihre Flucht ist zu Ende. Sie suchte die Ursache ihres Heimwehs und sie fand sie bei Abraham und Ur, bei Odysseus und Ithaka, bei Teiresias, dem Seher, beim nomadischen Leben, im Außerhalb-der-Sprachesein, im Ausgeschlossensein und ich habe erkannt, dass ihr Heimweh bei dir lag, bei dem, was sie nicht verwirklichen konnte. Nicht weinen Chawah, es ist vorbei«, sagte Rose und küsste Leahs Locken, küsste Leahs Tränen und weinte auch.

Das erzählte Leah Braunstein bei unserer zweiten Begegnung. Sieben Tage vor ihrem Tod.

Die niederländische Ausgabe erschien unter dem Titel *Lea*
bei Uitgeverij Aristos.

Deutsche Erstausgabe

www.deuticke.at

Lektorat: Olivia Volpini de Maestri
Gestaltung, Produktion: typic®/wolf
Umschlaggestaltung: Studio Hollinger
Druck: Wiener Verlag, Himberg
Printed in Austria
ISBN 3-216-30572-4